發射火箭

樊善標

目錄 contents

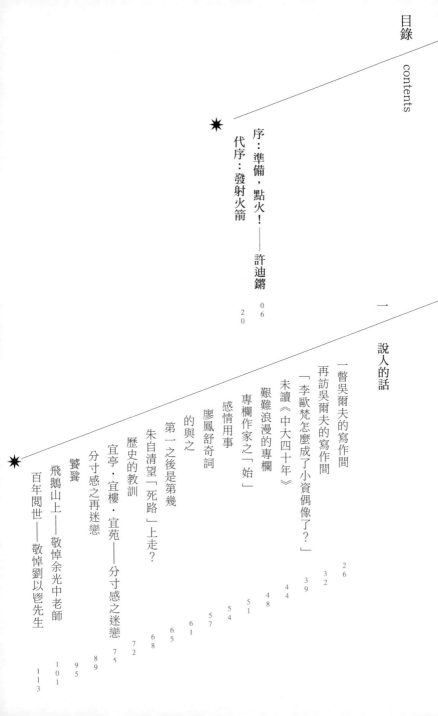

二 ✷ 自說自話

三 ✷ 遠年笑話

後記

序：準備，點火！✷

許迪鏘

十二年前參與一個年輕作家徵文比賽的評選，與嘉儀認識，她仍是中學七年級生，一邊努力完成參賽作品，一邊準備大學入學試。她的作品最終入選，得以出版，大學入學試成績也很好。她考量入讀據說以創作為強項的某大中文系抑或中大中文系，問我意見。我說依正路應入中大，讓我問問在中大當教授的朋友確認一下。我真的傻得打電話給這位朋友，朋友說，有好學生我當然想收，現實是，中大的資源還是比較豐富。嘉儀這就入了中大。畢業後在外面轉了一圈，回到母校任職至今，在公事上與我的這位朋友、她昔日的老師時有往還。

我的這位朋友，就是樊善標。這些年來跟他喝咖啡聊天，我總想套他有關學生中文水平的實況。中學中國語文課程在二〇〇二年大改革，取消了官方指定範文，理論上教師可以隨意選用教材，公開考試則不再考核學生對指定範文的賞析和語文常識，轉而考核其閱讀、寫作、聆聽和說話的能力。我認為，這種側重能力操作、割裂文章情意的學習取向，不利學生在語言運用上的「全人發展」。更現實的憂慮是，把中文當作（作為第二語言的）英文那樣來教（及考），是把中文工具化，只為商業社會及其管治者服務。我由是推斷，由過往語文課堂之以情意主導轉而為當下的能力主導，學生恐難深入文學作品的堂奧，會影響中文系新生的接收和分析能力。我很想知道，實情是否這樣，若然，則教師和語文工作者大有理由要求撥亂反正。我想從教授朋友的口中得到想要的答案。

可樊善標教授的口徑相當一致，對我三番五次的查問，他始終如一的說，學生的語文很好，看不出前後有甚麼差池。這使我有一點失望，但若是事實，倒值得慶幸。由此我也領悟，好老師都是這樣，總能看到學生好的一面，「維護」學生。就像詩人楊牧，他在香港科技大學任教多年，我不止一次聽他在公開演說中被問及對香港學生的評價，他都毫不猶豫的說香港學生聰明好學，與我聽過的很不一樣。他們都是好老師。

也因此，讀到〈上課氣氛——自說自話的教授〉一文的後記，我不禁心裏吃吃大笑：「本文應《中大四十年》（香港：中大學生報出版委員會，二〇〇四年）而寫。出題及約稿的同學說，某次我剛上完一節和幾位老師合教的通識課，她問我學生的反應怎樣，我答鴉雀無聲，一片死寂，那時恰好一輛響號的警車經過，我說了一句話。她問，你記得當時說了甚麼嗎？我說已經忘記了。『你說：這是來拘捕那些學生的。』」

我的這位教授朋友，可不是個正兒八經的教書匠。一位「君子型」的教師，如果沒有一點怪念頭、餿主意，很可能就會變成「沉悶型」。樊教授自己說：「我自己上的課，論到互動和歡樂，我膽敢說當仁不讓於師。但我得常常警惕自己，學生的熱心發言在多大程度上是問題愈來愈淺易的效果？我同場加映的『棟篤笑』能夠引發學生在課後一訪圖書館的興趣，才算沒有墮入惡道。」我聽過樊善標演講，讀過他的學術報告，沒有甚麼「棟篤笑」，但或輕鬆親切，或娓娓道來，都引人入勝，獲益不淺。他的「棟篤笑」，就只有他的學生才有幸一笑了。

而我讀他的文章，也時有類近的「娛樂」。我們現在常說文不一定如其人，樊善標算得上一個溫文爾雅的人，但不會是個悶蛋教授，寫文章，也時時有奇趣，間有稜角。他有一部文集名《暗飛》，我常記錯，總以為是叫《暗鏢》。這「鏢」，當然志不在取人性命，而只是刺人一下，讓人有哭笑不得的感覺。就像那句響號而過的警車是要來抓不留心聽課的學生的，很能表達教師對學生那種複雜的感情。就像為人父母者，總有給孩子氣得想一腳踢他落大西洋的衝動，然而心裏其實深愛他們。如果他的話算是「棟篤笑」的一個笑話，就是個「冷」gag，冷，英文的cool，俗譯「酷」，意指「瀟灑中帶點冷漠」（百度）。我讀樊善標的散文，常覺得其中有一點「冷」，或「酷」，只懷疑是以小人之心度君子之筆，直到有一天在臉書上讀到不知是不是他學生說了句：樊生在演講中講了個冷笑話，我才敢膽把這個冷字落實。

單是《發射火箭》這書名便已經很酷，作為代序的〈發射火箭〉，以夢境帶起，以對現實的「領悟」收結。這不是支普通火箭，是巡航導彈，是預設目標可迂迴前行而一擊必中的火箭。在夢中發射失敗的火箭，在現實中以一個漂亮的弧度轉向，正中目標：發射失敗，若再來一次，就會成功？最後的自我詰問，固然是作者夠「酷」的另一展現：只是意識到「無懼失敗，從新開始」也是好的。那可是一種自嘲，也是一種自我期許：誰說沒有再一次點火的可能呢？

樊善標的火箭（文章）有不同的巡航路徑，有的比較直線，如悼念余光中先生和劉以鬯先生，自然要正兒八經，要直寫，不能有甚麼曲筆；有的就比較婉約多姿，有「一波三折」之致，愚以為這是他的「本色」，以〈發射火箭〉為代序，正可表其筆法所鍾。

據我所知，浸會中文系那邊喜用黃仁逵的《放風》做寫作教材，而中大中文系則愛推淮遠，樊善標當是其中一位「推手」，他也寫過評介淮遠的論文。淮遠的文字，也往往聲東擊西，在你不為意時或輕或重針你一下，正如蒙罕默德・阿里所言：Fly like a butterfly and sting like a bee。樊善標自然「宅心仁厚」得多，而且所針的對象往往是自己。我們不得不注意到〈恬然錄〉，這是一篇「冷」得有點詭異，甚至諱莫如深的作品。內容主要是寫作者一天繁瑣的生活：看／覆／刪電郵，處理學生功課，備課，查考文章資料，接見學生，看（兩個）徵文比賽作品，以及準備帶回家做的文件等等；另外還記述飲江贈書《惶然錄》、讀蘇東坡詩和《惶然錄》的感懷、前天求診的經過，等等。這篇文看似信手寫來，但密度很高，有趣的地方很多。開頭有一段引文，「出處從略」，這段「引文」說：「偶爾，他們竟夜歡宴豪飲，或者吸食大麻以期產生幻覺，但更多的時候，他們繞城漫步，吟誦詩句並討論哲學，直到黎明時份。」如果把吸食大麻改為服食丹藥，我立即可以連繫到李白，以至許許多多尚在紈絝之年而未遘陽九的詩人作者如張岱，甚至文天祥。這裏所述者為誰？為甚麼那麼神秘不標出處？文中又加插了幾段以不同字體標示的內容，包括一個到停車場取車的憶述、一個「鬼故事」，和最後一段張愛玲話語的引述。那段取車時發現車的機件幾乎給掏空的情節，似是一個夢境，微妙呼應了之前接見學生就其論文提供意見的記述。那個鬼故事，似來自電台深夜的廣播節目，因文章開頭便說：「凌晨一點五十五分，關掉收音機。」教授半夜也聽鬼故事嗎？故事細節歷歷如繪，隨意聽過廣播不大可能覆述得如此細緻（作者自言：「反正只想有點並非音樂的聲音伴着入睡罷了」），是經過重組、加工的嗎？最後，「見鬼實錄結束前，節目主持人竟然抑揚頓挫地唸出了這樣的話——我知道是張愛玲說的——……」，鬼節目主持人會唸張愛玲的文字，也太有意思了吧。整篇文章輕鬆寫來之餘又帶着神秘，到最後我們才發覺，連題目也與內容相呼應。我沒有讀過佩索阿的《惶然錄》（大陸有韓少功節譯，台灣有全譯本，書名《不安之書》，對應英文《*The Book of Disquiet*》），據博客來的介紹，佩索阿「通過『異名者』的身份進行寫作。在其他的作品中，這些『異名者』甚至有自己的傳記、個性、政治觀點和文學追求。佩索亞穿梭在數十位『異名者』之間，不斷變換隨筆的立場，……在相當的程度上呈現佩索亞對生活、對命運、對世界的深刻認知，以及一個瀕於崩潰的靈魂的自我認識」。我在網上讀了這部書的〈作者序〉，在序中，作者寫他總是一早就到一家不起眼的樓上餐館用餐，在那兒遇上一個像他一樣孤獨的常客，通過攀談知道：「由於沒有地方可去、沒有事情可做、沒有朋友可拜訪，也沒有興趣讀書，他晚上通常就待在家裏，在他的租屋裏，寫點東西來打發時間。」我懷疑，這個「他」有九成九就是作者佩索阿自己。在〈恬然錄〉中，樊善標沒有化成「異名者」而是以「本我」出現，但那種夢囈似的寫法我相信是對《惶然錄》的一種對應或致意。「恬然」相對於「惶然」暗帶反諷，暗示作者對繁/煩瑣的生活日常已安之若素，「誰不是瑣碎平庸的呢？」這句反詰，答案自然是：誰都是。在往往無法自我操控的生活中，如不想陷於不安，就只好以平常心自處。這固帶有自嘲，但可就等如說甘於瑣碎、平庸？當然不。回到開頭不知出處的引語，我們聯想到李白等輩之為長夜飲，不過是以有限的生命活出精采的人生——憑藉詩歌、文章（我們當然不能同意或鼓吹服藥、吸大麻）。〈恬然錄〉以輕快駕馭沉重，文字盡量保持輕巧，如戲謔地以S大鬍子代替蘇東坡（雖然隨即正名），又用「現在的話」翻譯出東坡詩句——但我翻遍蘇集，也查不到「像我這樣的人，自己看着也覺得可厭」的出處。舉重若輕，別有玄機的，還有給學生佈置的教材（？），赫然是Robert Frost的名詩The Road Not Taken。那沒有選的路會是怎麼一番光景？無從得知，眼下的路是自己take的，就當好好走下去。這篇文，我只能說，很「酷」，酷到爆。

在本色之外，樊善標的文章其實也展現多種風格，悼念、抒情的文章，都情真意切，〈（重畫）母親不肖像〉我讀得驚心動魄，尤其是寫到他父親離世的一節。我父親去世後，我收拾心情，寫了一篇〈父親〉，後來也思量着要寫一篇〈母親〉，但總難下筆，我和母親的關係遠比父親緊密，也許太親近了反而難寫，我不孝地想，也許要等母親過去了才能細說。年前讀止庵的《惜別》，寫母親離世前後的生死交纏，實在深刻感人，我再一次不孝的認為，對母親的感念，止庵已經寫了，我不用再寫。讀了樊善標的這篇，這感覺更強烈。他母親與我母親有幾分相像，比方她也常挑剔工人，特別是他母親曾接車衣外發工，「從山寨式製衣工場像聖誕老人似的，背着一大袋裁好的布料回家，縫好之後又背回去」，與我母親簡直如出一轍。「我（樊善標）有時替她剪線，賺一點零用」，剪線頭，我不也曾優為之？我母親沒樊母那麼本事，懂得買賣股票，但她精於數口（窮等人家婦女大概都有這種本事），常為一毫斗零與街市菜婆纏續不休，學習新事物也易上手（她比我早用iPad——打麻將），她自己也說，如果多讀點書，在外邊一定大有發展。試想，如果她鼓起傻勁自己開一間山寨廠，繼而開大廠，一個不覺意又炒炒地皮，呵呵，今天我大概就不會在這兒給樊兄寫序了。

也許真是有緣，樊善標的經歷與我有不少相近，是以讀他的文章倍感親切，趣味盎然。「在更小的時候，我從一個年長幾歲的姐姐那裏，學會了攀附在老舊升降機的內壁，令它因為重量改變而停下。」（〈變壞〉）我小時候也喜歡這樣捉弄電梯，在電梯行進時來一記壁虎功，人「凌空」了，電梯感覺不到重量，就自動停下來，人一下跳回中間，它又動起來。我又發覺，在電梯內長按着「關」字，外面即使有人按停，電梯只會稍停，門不開，隨即下降。趕時間（更多是出於捉狹）時，常用這伎倆，很有一種犯罪的快感，顯然我變壞得更透徹了。但很不幸地，連聽到有人跳樓的經驗也竟然重疊。

同樣令我感受深刻的，還有〈宜亭・宜樓・宜苑——分寸感之迷戀〉和

〈分寸感之再迷戀〉兩篇，寫的是香港女詩人張紉詩的人和詩。樊善標「忘了最初在哪裏知道張紉詩的名字，斷斷續續地讀到她的詩詞和軼聞，最後竟不能自已地翻閱她的遺作、蒐集她的生平事跡、懸想她在各種狀況下的心情」。我則是年前陪移民澳洲的妹夫往長洲祭祖，去時坐街渡往島的另一頭，回程時沿山路走回碼頭，途中經一涼亭，六角亭的柱子和枋樑，以至亭外的山石上，都刻滿了對聯、張氏的詩作和時人的悼詩，始知詩人大名。亭為張氏夫婿商人蔡念因（據說是壽星公煉奶的創辦人）於張氏身故後所建，亭上所刻詩不很突出，但尚清雅，其中「他年稍了塵中事，來住臨江第二家」一聯，「第二家」很可圈點。令我徘徊多時的是建亭者的深情，亭在路旁，可供遊人歇息，功德不下修橋整路。不遠處的墓地，墓碑全面向大海，是寄意其子孫當以天下為家？我臨風遐想，不勝緬懷。但我沒有像樊善標那樣認真追蹤張氏生平，還去競投她的詩集。正是夕陽人去後，幸得知音人。

抒情、寫意、議論之外，還有最後一輯寫語文問題，談寫作要項的短文，絕無教書先生的頭巾氣，有的只是妙趣橫生的啟發與引導。若比此書為甘蔗，則無論順啖或倒啖，都是佳境紛陳，讀之忘倦。

然則，是出於某種緣或契合，樊善標才要我寫序？我非名人，亦無地位——當然他也不會以此為考慮——他要我寫，自有他的原因。我自忖，是因為他對我文章寫法的認同？這是我莫大的安慰，我得感謝他。他要我寫，我回電郵說，你敢請，我敢寫，只怕寫得空疏而已。年前給伍淑賢的《山上來的人》寫序，作者的名字在寫到兩千字後才浮現，那篇序，寫了差不多一年，序《日以繼夜》較好，她在一千字不到便現身。樊兄的這篇，我給他派定心丸說，已經有眉目，他的名字在三幾百字後便會出現，應該不會寫太久。他說，不出現又如何。他的點子真的出得很快很新奇，但印象中，除非像他一樣以文代序，否則古今似乎沒有這樣寫序不提名的先例。給人寫序不開名，有新意，真的可以？我相信我寫不來，樊教授或可試試。其實，他早寫過類近的，未讀完書就寫書評，他叫「讀前感」，那就是〈未讀《中大四十年》〉。

附記：

承樊善標相告，S大鬍子詩句出自〈和柳子玉過陳絕糧〉首句：「如我自觀猶可厭」。文首的引文他也提供了出處，但知道出處與否應不影響讀者對下文的理解，我還是保留自己對這段的誤/亂讀吧。

代序：發射火箭 ✷

我和一伙不知道包括誰的人在二十多年前的舊居合力發射一枚火箭。舊居本來在旺角的橫街裏，五樓，但我們從鐵窗花中探頭出來，對面的大廈都不見了，水已漲到接近窗前。

火箭的構造很簡單，只是把火藥塞進一根圓管裏，尾部伸出一條引線。不過發射需要一定的技巧，我們分兩階段點燃引線，第一次點燃後，讓火箭飛一段距離，接着第二次點燃，才能成功發射。關鍵是怎樣確保第一次點燃後，火箭飛到特定的位置，在不容許偏差的時機第二次點燃。

我們認真地研究，用盡了高中物理和高等數學課程裏全部的知識，心無旁騖反覆計算。當然，負責點火的人還有賴體育課的經久鍛煉，才能眼明手快地抓住間不容髮的一瞬，但那不關我的事了，因為中學時我的體育成績不曾高於C等。我們的學校裏，流連運動場和留心上課的是兩伙人，不知道為甚麼這次竟齊心合力，彷彿有一個不言而喻的目標。

反正火箭真的成功發射了，第一次、第二次點燃順利完成，細長的圓管在水平面高一點穩定地飛行，我極力從窗花間伸長頸項追看。

然後，火箭九十度急轉，射進隔鄰的家裏。火箭的燃料還很充裕，我大吃一驚，意識到要出禍事了。火箭突然穿窗而出，再射進旁邊的單位裏。就在這短促的時間，天色已暗，兩個單位猛然爆出炫目的火球。我即時想到，我的下場非常清楚了。剛剛還與一伙不知道是誰的人，為了一個原來沒有仔細想過的目標，專心一意地努力，剎那間這些都毫不重要了。

幾乎同時，我省悟過來，那些荒唐的情節怎可能是事實。我甚麼都沒有做過。夢境，真是最溫暖的安慰。以為無法回頭無從彌補的，原來根本沒有發生過。

也是二十多年前，看了安藤政信初出道的電影《壞孩子的天空》。安藤和死黨是中學裏的不良學生，後來一同輟學，一同練拳。二人天份有高下，死黨受不了被一直看成弟弟的安藤超越，改混黑道，從此不相往來。分道揚鑣之初，好像有機會在各自的世界裏冒出頭來，可是幾年後兩人還是一敗塗地。最後那幕，老友重遇，安藤騎單車載着死黨回到中學的操場繞圈，昔日的老師在樓上課室看見，向着班上罵他們胡混。安藤轉過頭來問死黨：我們完蛋了嗎？死黨答：蠢材，我們還未開始哩。——這兩句令人安慰的對白，過了二十年我仍清楚記得。

原來二十年了。這期間我又經歷了甚麼呢？很難抱怨不順利啊，唯一可惜是無法再說「還未開始哩」。可就在夢醒之後，忽然想到電影裏這句話是按照字面解釋，還是暗示安藤他們終究逃不過宿命？重新來一次，他們就會成功？

可見我畢竟膽小懦弱，二十多年才有這麼一點點領會。但也畢竟是寸進，難道不是嗎？

二〇一八年一月

第一輯

說人的話

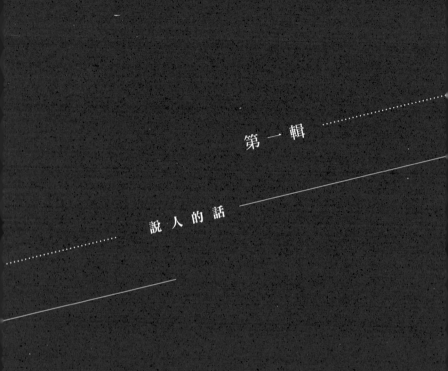

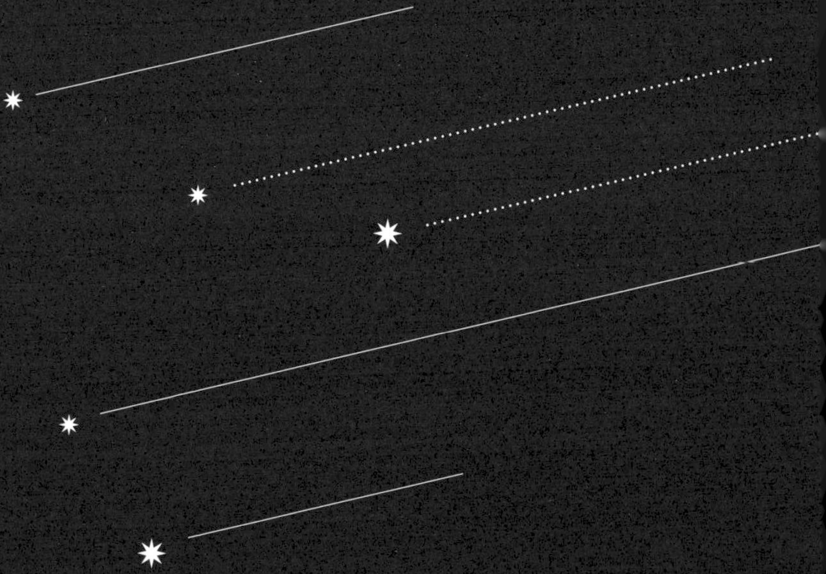

一瞥吳爾夫的寫作間 ✷

1.

吳爾夫（Virginia Woolf）是二十世紀重要的小說家、評論家，自不待言，她的寫作間，當然是指赫赫有名的 *A Room of One's Own*。台灣的張秀亞和大陸的王還都把 room 譯作屋子，也即房間。我們張三李四登堂入室打擾香閨，未免唐突，不過書中的房間其實並非臥室，毋寧是書房，或寫作間。吳爾夫說，在十九世紀初葉，中產階級的家庭只合用一間起居室，女人要寫作只能夠在那裏偷偷摸摸地寫，Jane Austen 的外甥在回憶錄驚歎舅母大部份作品就在那裏完成，人來人往沒有妨礙她，傭人、客人都不知道她在寫作。但吳爾夫認為，其他女性要寫作，最好有一個自己的房間，可以上鎖的，當然還需要穩定而充足的經濟收入。既然只是書房，在主人不寫作時，我們匆促一看，想來罪名不至於太嚴重吧。

吳爾夫不僅是現代小說的名家重鎮，也是女權運動的先驅人物，這本 *A Room of One's Own* 提出的兩個女性寫作的條件，是她分析父權社會和文化對女性——當然也包括女作家——的束縛後，提出的結論，初看似乎只在物質層面，其實牽涉到社會、文化的各方面。本書大部份觀點，在她的講演文章〈婦女與小說〉（Women and Fiction）已清晰論列，如要省事，看這篇講演馬上就可以把握作者的想法——除了男性化的女人和女性化的男人（man-womanly and woman-manly），文章沒有說到。不過 *A Room of One's Own* 更有意思的地方，在於它融會了小說的虛構寫法，並把議論文章外露的邏輯關係隱藏起來。我們隨着作者化身的 Mary Beton、Mary Seton、Mary Carmichael 在 Oxbridge（虛構的地名）、Newnham（作者講演之處）等地遊逛，聆聽她們的滔滔議論，關於婦女生活的，關於男性心理的，關於小說和其他文類的，最後這些都連接起來，但並非鐵鍊般環環相扣，而是像漁網般交織在一起。

要了解這樣的一本書，最不恰當的做法，恐怕就是把內容歸納成幾個要點了。所以下面假作參觀，隨意摘錄一些有趣的原文，或結合上下文理稍作說明，或離開作者的原意想入非非。總之，任憑興之所至，把全面介紹的責任推得一乾二淨。

2.

小說就像一個蜘蛛網，總是四角附在人生上的。雖然也許永遠很輕地附着，時常這種附着幾乎看不出來。

（王還譯：《一間自己的屋子》，北京：生活．讀書．新知三聯書店，一九八九年，頁五〇）

Fiction（小說）本有虛構的意思，所以似乎是可以憑空想像的。吳爾夫卻指出，在英國的伊利沙伯時代文學如此發達，當時的女性連一字一句都沒有貢獻過，原因在於她們的生活就是大量生兒育女、操勞家務，沒有私房錢，家庭以外也沒有她們賺取生計的地方。「像莎士比亞那樣的天才絕不產生在作苦工的，沒有受過教育的奴僕階級」（頁五九）。中國人說「文窮而後工」，可是作家不能一開始就極窮，否則想像力根本沒有出發點。蜘蛛網的比喻多透徹，更重要是既揮灑又美麗。

3.

那些〔被遺忘的〕詩人替他們開好道路，馴服了語言的天生野蠻的地方。（頁八一）

莎士比亞的寫作有賴馬妻，馬妻有賴喬叟，喬叟有賴那些被人遺忘了的詩人。「因為傑作並不是單純獨立的產物；它們是多少年來普通思想的結果，是人民集體思想的結果，所以在那一個聲音後面是大眾的經驗」（頁八一）。對女作家來說也一樣。十八世紀以來，社會容許婦女用翻譯和寫小說來幫補家計，吳爾夫認為，普通婦女雖然寫的多半是壞小說，但有機會寫作卻是頂重要的事。這些無名作者成為了Jane Austen、Brontes姊妹、George Eliot這些出色女作家的前驅。為甚麼不以男作家為前驅呢？因為男女有不同的語言，男人已經把語言的蠻性降服了，女人面對的語言卻還是桀傲不馴。

4.

在那裏〔公共起居室〕寫散文野史總比寫詩寫劇本要容易多了。

（頁八二）

吳爾夫的解釋是，寫詩和劇本需要更專心，而且十九世紀初婦女所有的文學訓練就是觀察性格、分析情感，她們的敏感由幾百年來在家庭公共起居室的影響訓練出來，「所以，一個中產階級社會的女人要寫作，自然是寫小說」（頁八二—八三）。不過因為婦女生活範圍的限制，她很可能從來沒有旅行過，未嘗一個人在飯館吃飯。有些人的寫作不需要這些她們得不到的經驗，——吳爾夫認為 Austen 就是這樣的作家，但 Charlotte Bronte 的天才卻因此而受到窒礙。

5.

為免房間的主人黃昏回來，發現我們在東張西望，惹得她大發雷霆，我們匆促一瞥，就輕手輕腳地退了出去。穿過柳樹微微晃動的垂條，剛好看見遠處池塘最後的閃光。可是我們沒有在意，心裏只想着明天還要再來。

二〇〇三年十二月

再訪吳爾夫的寫作間 ✷

1.

第一班火車拖着汽笛聲，像拖着一隻風箏。風箏的背景是濕冷的、半透明的雲。視線由天空往下移動，山毛櫸的葉子有一層若隱若現的嫩黃，這是典型的英國二月。我們冒着寒風，繞過 Oxbridge 隨處皆有的大草坪，向着吳爾夫的家放膽走去。

2.

一方面我們覺得「你」——書裏主角約翰——一定得活，不然我就會非常失望。另一方面我們又覺得，啊，約翰，你一定得死，因為這書的結構需要你死。（頁八八）

那麼作者該不該要約翰死呢？吳爾夫說：「小說既有一部份是人生，我們就按人生那樣去評斷它。」她又說，好的小說需要 integrity，即令讀者相信書中內容是真實的。（頁八八——八九）她指的當然僅僅是真實感，而並非事情真的發生了。她以 Charlotte Bronte 的《簡·愛》為例，這本小說有些地方因為作者動了火氣而成為敗筆，作者離開小說本身而寫個人的悲苦，這就令小說失去了 integrity。如此看來，約翰是應該活下去的。

不過，人生和小說終究並非同一回事，完全按人生那樣去評斷，是否恰當呢？況且，人生又是甚麼？我們口中說的人生，多半是故事化了的人生，有主題，有情節，有人物，那就和小說相差無幾了。小說有一部份是人生，反過來說，必然也有一部份不是人生，那些應該就是寫作的規則。有些規則應用範圍廣些，有些規則狹窄些。例如人生常常是無法理解的，我們卻期待作品要有解讀的可能。又例如偵探小說的結局必須揪出兇手，揭露他行兇的動機，愛情小說卻無須這樣。這些規則最好不要破壞小說給人的真實感，但是否真實，其實是由讀者的感知方式決定的，所以，不僅作者要守規則，讀者也一樣。然而規則也非一成不變，傑出的作者可以重整現存的規則，創設新的規則，眼光銳利的讀者，也往往質問為甚麼是這些，而不是那些規則。

3.

〔一本書裏〕組織成的文句就像遊廊，就像圓頂。這種形式也是男人供自己的需要而發明出來專為自己用的。我們也可以說史詩或是詩劇這種形式對女人和句子對女人一樣地合適。不過在她變成作家的時候，文學中比較舊的各種形式已經都早就固定而不可變了。只有小說還幼稚得在她手裏夠軟的——這也許是她所以寫小說的另一個理由。但是誰能說甚至在現在「小說」（我用引號括起來為表示我認為這名詞不適當），甚至這種最柔軟的形式是切適地為她的用途而形成的呢？（頁九五）

表面看來，這有點像後來某些女性主義者的理論：所有文化產物都帶着父權中心的烙印。不過吳爾夫的說法並不玄乎，某些形式不宜於女性使用，主要原因仍在現實世界裏。「我們可以姑且說女人的書應該比男人的要短，要集中，而且結構應該是屬於不需要很長時間的不受打擾而穩定的寫作的那種。因為總是會有攪擾的」（頁九五）。吳爾夫也猜想男女「供養腦子的神經」或許有所不同，不過這仍是實在的生理問題。

4．

> 〔一個作者〕若只是單單純純的男人或是女人就無救了。一個人一定得〔是〕女人男性或是男人女性。（頁一二八）

這幾句譯文不好懂，原文卻是清楚的：It is fatal to be a man or woman pure and simple; one must be woman-manly or man-womanly. 在這前面，吳爾夫還說，一個作者時刻不忘自己的性別，乃是作品的致命傷（這裏參考了張秀亞的譯文，《自己的屋子》，台北：純文學出版社，一九七三年，二版，頁一三三）。這又不好懂了。

大概這裏的「性別」僅指生理特徵，而她認為一個人無論生理屬於哪一性，在性格上總有另一性的成份，「最正常，最適意的境況就是在這兩個力量在一起和諧地生活，精神合作的時候」（頁一二〇），所以莎士比亞的腦子是半雌半雄的。假使雄赳赳的丈夫氣概變成了自覺，那就是男人只用他腦子裏男性的一面寫作，這時他的毛病就是無法傳達情感。（頁一二四——一二五）沒有兩性的混合，「理智似乎就太佔絕對優勢，腦子的別種官能就會變硬，不能生產」（頁一二七）。

女性在束縛她們天才的環境下寫作，很難不對壓逼來源的男性意存譏嘲抗拒，吳爾夫極力主張要像莎士比亞那樣，「不憎恨，不怨忿，不膽怯，不反抗，不講道地寫作」（頁八三），這並非放棄爭取權益。十七世紀以來婦女地位逐漸提高，一百年之後她們將獲得更合理的對待。這當然不是坐着就能享受到的，但吳爾夫更關心的是，——如果借用艾略特（T. S. Eliot）文學傳統不斷因為新作品面世而調整的構想——對抗本身阻礙了女性參與文學傳統的調整。既然卓越的作家，如莎士比亞、濟慈、蘭姆、柯勒瑞治等，都是半雌半雄的，文學傳統就不僅僅是男性的傳統了，女作家應該以超乎生理性別的身份加入這文學傳統裏。

5.

附帶提一句，艾略特在他的名作〈傳統與個人才能〉裏說，詩人引起讀者注意的，並不是他在生活中為特殊事件所激發的個人感情，由此而推出他的驚人之論：「詩不是放縱感情，而是逃避感情，不是表現個性，而是逃避個性。」（卞之琳譯，引自趙毅衡編選《新批評文集》，天津：百花文藝出版社，二〇〇一年，頁三五）這和吳爾夫的觀點非常接近。

艾略特在寫完這篇文章十年左右歸化英籍，典型的英國二月天，他應該有很多機會領受吧，就像我們此刻一樣。

二〇〇三年十二月

「李歐梵怎麼成了小資偶像了？」✷

批判李歐梵？我就是因為這標題而買這本「舊」《新周刊》（二〇〇四年一月一日出版）的。不過話得由很遠處說起。讀研究院時，大言不慚總是難免的，當年有一位同學說過：「得加把勁，他快要趕上來了。」這個「他」正是同學的導師。雖然韓愈早有名言，「弟子不必不如師，師不必賢於弟子」，同學的話未見得像乍一聽聞那麼弔詭，但語意表面上的反覆令我牢記到今天就是了。《新周刊》的刊名和整體設計都有點《壹週刊》味道，這一期專題「我夢見」三個巨大的紅字橫排在一隻更大的眼睛下方，下面是副題：「29個中國人的夢境調查」。可是吸引我的是頁底字體最小、也就是本文題目的那一行。所有標題都用簡體字，當然了，這是廣東出版的雜誌。因為李歐梵，因為待會坐車需要一點消遣，我毫不猶豫就買下來了。那隻巨眼似乎隱喻着我偷窺的欲望。

打從去年第一次在三聯書店買過一本《新周刊》，那種「快要趕上來了」的焦慮更強烈了，但這可是兩個城市，甚至說整個大陸和一個小小香港的追逐，除了焦慮我還可以怎樣呢？光這樣說不明白，還是具體介紹在這一期裏我讀到甚麼吧。

原來一開始我就錯了，吸引我的句子末尾根本沒有「了」字，那種驚詫或惋惜的語調是我的誤讀。原文是一篇訪問記，規規矩矩地介紹李歐梵。內裏有一個小標題：「領小資潮流」。好像不久以前，小資情調還是必須嚴批的罪行，怎麼一轉眼就反敗為勝，居然使得古板學者變身為潮流領袖了？不過答案在文中找不到，「小資」不光采的歷史在文中完全找不到。我又隨手翻到另一篇〈商界壞小子，將搗蛋進行到底〉。文章說的「壞」是指「勇於挑戰」、「不奉戒律」，「在商業競爭中如果不去創新，不去『壞』那麼一下，新公司就沒有出頭的日子，老公司就失去了發展的機會」，還搬出了「自由經濟」的概念。這「壞」字令我想起粵語長片裏嘉玲對謝賢說「你真壞」時，那種心旌盪漾的眼神。更令我不安的是文中似乎除了物質以外再沒有判斷價值的標準了。曾幾何時，物質至上據說是我們資本主義社會萬惡之尤哩。

繼續翻下去，一整套香港「成功故事」的用語接連出現，速度、創新、自我、進步（專題裏有一篇文章正是〈做夢使人進步〉）……既親切又驚心。我們「賴以成功」的要素在全國範圍內高速運行，但我不知道這些「要素」在另一個社會脈絡裏會變出甚麼東西。由頭髮釀醬油、腐肉製香腸到深圳十大擄劫黑點，我弄不清楚哪些是傳媒「妖魔化」的炒作，哪些是真有其事的危言。「英國人辦得到，我們為甚麼辦不到？」面對披上極端民族主義修辭的斥問，我們怎樣有條有理地討論是非分際於毫厘之間？

有一篇關於北京城市新規劃的文章說：「當梁思成的時代愈來愈遠，對於當下眾多沒有背負太多中國城市傳統負擔的建築師，特別是眾多海外設計師來說，如何讓這個古老的城市求變求新，更容易成竹在胸。……而對於離梁的時代同樣遙遠的年輕一代而言，面對繼續向縱深化敞開的國門和世界，擁有自由、平等的時代精神顯然比重回古都，保持傳統更有吸引力。」自由平等是值得追求的，求變求新則是手段，兩者必須和傳統對立起來嗎？如果新就是好，那麼傳統只能是壞——卻不是「你真壞」的「壞」。香港政府近日準備修改法例加強保護古跡，不過相信大部份中年以上的人已經無法找到兒時玩樂的街巷了，孤立地留下幾幢樓房，就算是古跡了嗎？沒有傳統的社會，我們就是樣板了。

然而也許不必過份憂慮，在〈做夢使人進步〉那篇文章裏，我讀到：「相對於上世紀六十年代被一個超強意志集體催眠的狀況，現在的社會夢想更多地向個體回歸，做夢還原為個體行為。」專輯的前言也引述了中國工程院院士鍾南山的話，「做好自己的本職工作，便是最大的政治」。懷着消滅個人、投入集體的可怖時代回憶，「這是個性張揚的時代」（專輯前言）、創新、進步等詞句就不僅是字面的意思了。兩個社會所追求的，在這一點上可謂一致。

這一期我最喜歡的文章是〈城市暴走〉，報道一次民間發起的「夜行成都」活動，「徒步穿越成都主要街道，感受成都夜景，在運動中感覺生命」。參加者由八歲到五十多歲不等，都是在網上召集的。負責人的正職是 IT 公司文員，她組織了一支義工領隊、一支補給援助隊，其中一位義工還是成都市公安局的警官，他開了自己的車來協助補給服務。在八個小時裏，一百多名老少用腳來觸摸城市的細節。其次是「我夢見」專輯裏二十九個普通人的照片，攝影師拍得他們神氣極了，就像從前的《號外》。說到這裏，不得不承認，這些窺探顯然是不全面的，恐怕僅足以反映個人的某種心態罷了。上世紀八十年代，William Sharpe 和 Leonard Wallock 合編了一本關於現代城市的論文集 *Visions of the Modern City*，他們在前言裏說，城市的演化已經到了一個難以用傳統意義理解的階段，當代的小說都無法全景式地呈現它的面貌。考慮到美國和中國發展的時差，這恰好可以當作我的下台階。既然如此，我的欲望不如轉化為拍一張像專輯那樣的照片好了。

二〇〇四年三月

未讀《中大四十年》✷

《中大四十年》終於印出來了。這本由學生編纂，旨在抗衡「官方」說法的校史，早有前驅：《中大十年》（一九七三年）、《中大二十年》（一九八三年）、《中大三十年》（一九九三年）。雖然遲至第四十個學年的最後一個上課日才出版，但它的篇幅遠遠超過以上三書——兩大冊，六百多頁——，編輯的企圖也似乎突過前人，小小稽延也就不必深責了。一位編輯對我說，這套書很可能除了幾個工作人員外，沒有讀者會從頭到尾看完。這是很可能的，一來太厚，二來困於經費字體太小。還有就是印數寥寥，只有二千冊，很多理想的讀者恐怕無從取閱——對，是免費派發的。我認為未免太可惜了。

很想為它寫篇書評，但我的確未讀完，唯有巧立名目，說些「讀前感」

吧。中國人向來崇古，據費孝通說是源於小農經濟的社會結構，改弦易轍還是一百年以來的事。崇古的民族喜歡讀歷史，「以古為鑑，可知興替」，自有其功利的考量。但也有不少質疑史籍記載的人，例如長於《詩》、《書》的孟子早就聲言：「盡信《書》，則不如無《書》。吾於〈武成〉，取二三策而已矣。」王安石的〈讀史〉說：「糟粕所傳非粹美，丹青難寫是精神。」演繹莊子詆毀六經的言論，而集中攻擊史書。不過他們充其量只是對歷史記載半信半疑，一些現代學者則進一步宣稱歷史和文學沒有截然的界線，兩者都是虛構的。這當然不僅是前人早已發現的，某些歷史記載出於史家想像，例如《左傳》鉏麑自殺前的一番獨白。當代歷史學者 Hayden White 說，歷史敘述「從根本上說就是文學操作」（〈作為文學虛構的歷史本文〉）。他的意思是，史家以特定的故事模式來組織歷史事件，這些模式是和文學創作共用的。歷史敘述必須通過交代事件來進行，而事件的交代從來不能脫離故事模式。這就是說，即使有客觀而真實的歷史，但我們嘗試去想像或講述它的時候，仍必須採用故事的方式。各種方式縱能分出高下，但都不是真正的歷史，那麼差距只是五十步與百步之別罷了。文學作品容許多種理解，我們習慣了，但這樣理解史書，不就是否定了「歷史」？我們接受得了嗎？

像 Hayden White 這類意見，用比喻來說，就像舞台上的佈景布幕，他揭穿了上面的風景是假的，我們無法否認，但布幕後究竟是甚麼，他不去理會，我們卻難免戚戚然了。〈說文解字序〉褒贊文字的功能說：「前人所以垂後，後人所以識古。」移用來指傳統理解的歷史，似乎也無不可。這樣看，史書就是把我們和前人、後代連結在一起的紐帶，錢穆再三強調的溫情和敬意也僅能由這種歷史引發。對於 White 來說，歷史經過他的拆解後，仍是有意義的，那就是：得悉我們對歷史世界所作的眾多表述是如何聚集成對這一世界的一個全面和總體的幻象以及我們對世界的了解是怎樣發展起來的」。而對史家的欣賞則在於，他們「具有建設性的想像力量」，「對具有可塑性、比喻性及語言性的一種力量的把握」。（〈歷史主義、歷史與修辭想像〉）道理顯然說得過去，但未免太寂寞荒涼了。

《中大四十年》的序很有份量，編者把鵠的懸為「好的歷史書寫」，並希望對當前處境、未來路向有其分析和主張。後面一點暫時不論，為了達到前一目的，編者採用了iconic（標誌式）的編排方法，由一個核心向不同方向放射，容許隨意聯想，以避免封閉的單一觀點。在這階段——我還未讀完本書——自然無法評論編者開出的期票兌現了沒有。假使完全跟從Hayden White他們的說法，結論當然是很悲觀的。但Hayden White也不會否認布幕後另有天地吧，即使說不出來。在承擔這件艱難的工作時，眾編者是不是曾經有幸觸摸到那邊的風景呢？

二〇〇四年五月

註：Hayden White的兩篇文章引自張京媛主編《新歷史主義與文學批評》（北京：北京大學出版社，一九九三年），〈作為文學虛構的歷史本文〉張京媛譯，〈歷史主義、歷史與修辭想像〉王建開譯。

艱難浪漫的專欄 ✷

天啊！我居然也開始寫專欄了，多麼艱難又浪漫的行當。忍不住幻想我就在六十年代的香港，那時候副刊裏的作者都不好意思自稱專欄作家。最多產的高雄謙稱自己是寫稿佬，另一位產量極豐的作者司明創造了「爬格子動物」的說法，傳誦一時。最近讀到熊志琴編的《異鄉猛步——司明專欄選》（香港：天地圖書有限公司，二〇一一年），才知道司明還發明了「吃稿紙老虎」。這顯然是諧擬「吃角子老虎機」，卻不如「爬格子動物」流傳之廣，大概因為「老虎」過於威風，不符合專欄作家的自我評價吧。

現在還有多少人知道高雄和司明呢？高雄從四十年代中期開始，以筆名三蘇寫「怪論」、小生姓高寫文言艷情小說、許德寫偵探小說、經紀拉寫「經紀日記」系列小說，每一種都能吸引讀者，據說高峰時期每天要寫一萬多字。司明也不遜色，在一九四九年前的上海已號稱最多產的文人，高雄主編《新生晚報》副刊時，他曾創下一天為該版寫五個專欄的紀錄。高雄當年寫的多是小說和怪論，很少透露個人生活，倒是司明隨筆不絕，常以筆墨生涯為題材，《異鄉猛步》更把相關的文章合為一輯，從中很可以一窺昔日爬格子動物的甘苦。

在一篇一九六四年的專欄裏，司明談到作者的收入。小說稿費一般每千字十元，連載一月可得三百元。按四十分鐘寫一千字的「普通」速度計算，每天寫上幾篇連載並不困難。名作家的稿費更不止千字十元，司明就拿過三倍的待遇。而當時的副刊編輯，月薪只有四百元，相比之下，專欄作者的收入可謂豐厚。但也有缺點，就是沒有福利和保障。一年裏除了農曆新年報館休業那幾天，其他日子沒有假期，作者生病或遇上任何意外，只好自行設法，就是報館休業那幾天，因為沒有發稿，也就不會有工資。此外，報館和作者不簽合約，無論出於甚麼原因，編輯一下令，作者就要在限期內結束專欄，那期限竟有短至兩天的。

司明有一篇〈從無所不撈談起〉說：「許多文人都可算得無所不撈，好些多產作家扮起面孔寫社論，嬉皮笑臉寫各種遊戲文章，包括香艷小說。……站在作者立場是『生活文章』，蓋為生活而寫也。」寫作在傳統文人心目中是一項偉業，最低限度也是雅事，一旦變成稻粱謀，免不了有痛苦之感，難怪高雄和司明都說寫作最好是業餘。劉以鬯似乎積極些，既寫娛樂別人的東西，也抓緊機會寫些娛樂自己的東西。

也是在那個年代，劉先生白天趕寫多個連載，傍晚到報館編副刊。有時提早寫完稿，還有點時間，就和妻子坐船到九龍天星碼頭，在海運大廈的美心喝咖啡。我對專欄的浪漫想像，幾乎完全來自這一幕。但這篇千字短文，足足寫了一天，無論如何來不及喝咖啡了。噢，幾個星期才交一次稿，我又哪裏算得上是專欄作家。

二〇一二年五月

專欄作家之「始」✷

一九七〇年十月廿三日的《中國學生周報》，以整個頭版悼念一位作家，有一段小引說：「最近逝世之著名女作家十三妹女士，實為本港以『XXX專欄』形式寫作之第一人，專欄最初出現在十年前之『新生晚報』，手揮五絃，目送飛鴻，能說人之所不能說，敢言人之所不敢言，啟蒙青年讀者無數，本報現存編者及大部份老作者，在求學時期均曾是十三妹女士之忠實讀者，所受影響，不云不深」。同一版上還有陸離的輓聯：「傲骨嶙峋，可憐廿載伶仃香島文壇高齡奇女士；人情冷暖，誰惜十年霹靂專欄作者貴裔十三妹。」都備極推崇之意。

香港報紙副刊分田劃地，由固定的作者按時供稿，當然遠在六十年代之前，但論聲勢之顯赫，十三妹應當位居前列。就以《新生晚報》為例，上次提過的老牌作者司明，他最長期的專欄叫《小塊文章》，另一位受歡迎作者今聖歎寫過《冇乜文化齋小品》——前些時候黃俊東先生談到今聖歎以另一筆名寫的《儒林清話》，——這些欄名都不像《十三妹專欄》那麼直率而霸氣。

十三妹最初的專欄是《女人看世界》，在一九五八年《新生晚報》的「新窗」版。寫了不到兩個月就停止，年底轉到「新趣」版，換上《冬日隨想錄》的名稱。隨着季節輪換，依次改為《迎福揮春集》、《我寫夏日長》、《一葉集》、《冬之隨想》，最後在一九六〇年聽從編輯三蘇建議，逕直名為《十三妹專欄》。從最初的幾個欄名推想，十三妹沒有長期「佔據地盤」的信心，及至編輯提出以作者名號為標榜，用她的口吻來說，表示「十三妹這塊招牌」已經拿得出來了。

十三妹這個筆名好像很通俗，現在的讀者可能想起電影「洪興十三妹」，當時的讀者大概想到「十三妹大鬧能仁寺」。可是十三妹的文章從歐美報刊取材，介紹了很多西方新潮文化，從荷李活明星茱地嘉蘭、法國年輕小說家薩崗，到英國歷史學家湯恩比。而且不僅是轉述材料，十三妹也敢於放言高論，借鏡外國社會，抨擊中國和香港的現況，以致招惹論敵甚多。《周報》小引「敢言人之所不敢言」、陸離女士聯語「霹靂專欄」，是支持者的說法，和她開過筆戰的人當然認為她好罵成性了。

其實十三妹也有溫和謙遜的一面，尤其對待年輕人時。她回覆一位「小讀者」說：「請別把我估計得太高，假若你不中斷英文的努力，十年後你就將會發覺，世界上可讀的好書與好作家，即使我們來世界上投胎十次百次也讀不完。十三妹之流不過是在這兒混幾個稿費的『龍套』。而十年後你也必然不會再看得起我。」這篇專欄寫於一九六一年初，九年後十三妹病故時，聲勢已經遠遠不及當年了，但昔日的年輕讀者、《周報》的編輯和「老作者」，顯然並沒有忘記她。

二〇一二年五月

感情用事 ✷

那是一個尋常的上班日子，如果不是上廁回來穿過慣常幽暗的走廊時，一扇辦公室的門倏地打開，我的一位同事邊用清脆的法語說着電話，邊款步而出。圍繞鑲金邊的婉約身影，是流瀉一地的普羅旺斯日光，我的嗅覺不會錯，適時拂來的那陣風確曾經過遠處一個老紅酒窖，那種氣味與瘂弦〈巴黎〉詩中「午夜的罌粟」截然不同。但，淵博精明的看倌自能識破兩者相同之處：寫此詩時瘂弦未嘗離開過台灣，而直至今天我也沒有到過普羅旺斯，我們都是靠猜的。錢鍾書為鍾叔河《走向世界——近代中國知識分子考察西方的歷史》一書作序，引英國老話說，旅行者有憑空編造的特權。心醉神迷於異國風味原是人之常情，又怎想到處處提防？大概只有智者才能在發現馬可勃羅是鄉巴佬後，仍不歎一口氣吧。

前面厚顏拉攏錢鍾書、瘂弦和我的同事，無非用來掩飾我的不冷靜。事情與上回那位奇女子專欄作家十三妹有關。話說幾年前翻看《新生晚報》的十三妹專欄，發現她不僅喜歡介紹歐美的雅俗新知，也常常說起自己的往事，絲毫沒有後來傳聞那種神秘氣息。從自述可見，她原籍山東，出生於河內，父祖以上好幾代前移居越南，從祖父開始發跡。十三妹年輕時家境優裕，在很多地方生活過，如河內、青島、北京、上海，甚至印度、緬甸等，讀過河內的法國官立學校，因此通曉法文、英文。她以寫專欄為生後，曾跟一個業餘作者筆戰，對方指她介紹的西方知識是錯的，她則嘲笑那人讀不懂原文。那場筆戰很快就變得夾纏不清，雙方都抓着一言半語來攻擊，務求要人下不了台。但經此一戰，十三妹的見多識廣，倒是無人質疑。

不料晴天霹靂，一位高人指點說，可以一讀一九七〇年《傳記文學》雜誌裏陳香梅的〈祭方丹〉。方丹就是十三妹的本名。據陳香梅說，她和方丹四十年代時在昆明相識，直到十三妹過世前一年仍有聯絡，是少有直接認識十三妹的文人。可是，這篇〈祭方丹〉的內容卻和十三妹自述格格不入，例如陳香梅說十三妹是雲南人，父母早亡，依兄嫂過活，中學畢業後兄嫂迫她出嫁，她不願意，就逃到昆明上大學，然後在《雲南日報》當記者，一點都沒有提到十三妹的越南背景和繽紛經歷。怎麼辦呢？難道十三妹的新奇知識僅僅來自閱讀？這幻滅未免太令人受不了。

我沒有途徑詢問陳香梅女士或翻查《雲南日報》的員工名單。聊堪告慰的是，正是同一年，老牌專欄作家蕭郎在《大人》雜誌寫過一篇〈神秘女作家十三妹〉，該文說十三妹有另一個筆名「越兒」，這不就是她暗示自己的越南華僑身世？其實十三妹的人和文大可分開，我未免太感情用事了。

二〇一二年七月

廖鳳舒奇詞 ✷

上回說到陳香梅是專欄作家十三妹的密友。以往只注意陳香梅與「飛虎將軍」陳納德的中美姻緣，但最近友儕間對她的外祖父廖恩燾更有興趣。廖氏別字鳳舒，其胞弟廖仲愷追隨孫中山革命，更廣為人知。廖鳳舒在晚清時任外交官，曾兩度駐古巴，合共近二十年。廖氏身為清廷官員，卻與戊戌變法事敗被通緝的梁啟超關係密切，在梁氏主持的《新小說》上登載不少詩作。他當時署名「珠海夢餘生」、「外江佬」等，北京大學夏曉虹教授認為是為了瞞過朝廷耳目（〈近代外交官廖恩燾詩歌考論〉）。這些詩作也的確不是為了遣興抒懷，從〈自由鐘〉、〈學界風潮〉、〈唔好守舊〉等題目，就能猜度一二，所以梁啟超《飲冰室詩話》讚譽他為「文界革命一驍將也」。

對了，廖鳳舒是廣東惠州人，這些詩是用粵語寫的，稱為粵謳體，意在教育啟蒙知識低下、不通文言的同鄉。時世轉移，現在這些粵謳對一般廣東籍讀者已經沒有甚麼吸引力了，反而廖氏另一本粵語詩集《嬉笑集》，還不時有人談起。《嬉笑集》初版於一九二四年的北京，修訂增刪於一九四九年的香港，廖氏過世後，在七十年代和九十年代最少還出版過兩次。《嬉笑集》收錄了七十多首七言律詩，最有趣是詠歷史人物那一組，試舉兩首為例：

〈秦始皇〉

萬里咁長城一座，後來番鬼當新聞。
監生點解嚟陪葬，臨死唔知重拜神。
野仔執番條爛命，龜公害盡幾多人。
荊軻嚇失佢三魂，好在良官冇扑親。

聲大條腰又咁粗，殺人放火亂糟糟。

惡爺點忿嚟丟架，病佬唔啱就嚐煲。
兩隻公婆流出尿，八千人馬剩揸毛。
吟詩睇白吟唔甩，跑到烏江就一刀。

〈項羽〉

這些詩作不帶甚麼教育、啟蒙動機，令人嘻哈大笑的是滑稽的內容和語調。熟悉歷史和舊體詩的讀者，更因為詩中用典絕不違反正史記載，粵語措詞貼合平仄對仗要求，而增加一重閱讀樂趣。

廖鳳舒在一九四九年的〈重印《嬉笑集》自序〉裏說：「蓋自過河卒仔，提倡白話教科；串戲師爺，結束黃疤射利。」胡適曾有詩句「做了過河卒子，只許拼命向前」，因此這裏用「過河卒仔」代指胡適。「串戲師爺」據夏曉虹教授的解釋，是指新文學運動初期，錢玄同、劉半農化名在《新青年》辯論白話文的好處，以求引起注意。儘管「黃疤射利」不知道是甚麼意思，但廖氏諷刺白話文卻是十分清楚的。

《嬉笑集》雖然好玩，廖鳳舒真正自負而且嚴肅看待的是填詞。他自述五十歲才開始「學為倚聲」，但很快就得到當日詞壇名家如朱祖謀、夏敬觀、龍榆生等極力讚賞，朱祖謀甚至推崇為「幾為倚聲家別開世界矣」。今年好友卜永堅兄受廖氏後人所託，集多人之力箋注廖詞，這才有緣瀏覽廖氏的幾部詞集。一翻到《扪虱談室集外詞》這首〈祝英臺近〉，我就忍不住笑起來了。這首詞有一段「正常」的序：「寓樓凌晨輒聞賣花聲，碧桐君（廖妻）厭之，余不爾也。戲取稼軒賦瓢泉詞序中意成此。」再讀詞的正文：「賣花聲，深巷裏，充滿着詩意——」這可不是文言，也不是粵語，而是西洋腔調的白話文哩。

二〇一二年八月

的與之 ✷

現代的白話文運動一般以胡適和陳獨秀發表在《新青年》的兩篇名文為開端。胡適一生持守自由主義精神，不盲從權威，也不以權威壓人。他的文章〈文學改良芻議〉，題目中「芻議」二字就表明了萬事都可商量的態度，陳獨秀寫來和議胡適的〈文學革命論〉，卻激進多了。運動開始後，胡適寫信給陳氏說，文學革命應該容許別人匡正才好，陳獨秀在《新青年》刊登回覆說：「鄙意容納異議，自由討論，固為學術發達之原則，獨至改良中國文學當以白話為正宗之說，其是非甚明，必不容反對者有討論之餘地；必以吾輩所主張者為絕對之是，而不容他人之匡正也。」十多年後胡適回憶此事，以少見的含蓄語氣評論說：「這樣武斷的態度，真是一個老革命黨的口氣。我們一年多的文學討論的結果，得着了這樣一個堅強的革命家做宣傳者，做推行者，不久就成為一個有力的大運動了。」

不過，細讀〈文學革命論〉不由生出怪異之感。我不是指這篇堅定提倡白話文的宣言竟用文言寫成這一點——胡適那篇也用文言。不僅胡適用文言，錢玄同投書《新青年》，建議陳獨秀等一律改用白話撰文，陳氏竟公開回應說「似不必勉強一致」。北京大學的陳平原教授早就解釋過，這是因為胡、陳的文章以知識分子為對象，當時知識分子慣用文言論辯。我感到奇怪的，是陳獨秀這篇洋洋灑灑的文言文裏，居然夾雜了好幾個「的」字，顯得刺眼非常。

那幾句是這樣的：「余甘冒全國學究之敵，高張『文學革命軍』大旗，以為吾友（胡適）之聲援。旗上大書特書吾革命軍三大主義。曰推倒雕琢的阿諛的貴族文學，建設平易的抒情的國民文學。曰推倒陳腐的鋪張的古典文學，建設新鮮的立誠的寫實文學。曰推倒迂晦的艱澀的山林文學，建設明了的通俗的社會文學。」早年有些人以為文言改成白話不過是把「之乎者也」換作「的了麼哩」，事情當然不會這麼簡單。可是〈革命論〉如果稍稍點竄幾個字，變為「推倒雕琢阿諛之貴族文學」之類，全文不是更一致嗎？我不大懂語法，所以要搬出呂叔湘的《中國文法要略》為證：「表示這類關係的詞，白話用『的』，文言用『之』。」

但其實是改不勝改，也不宜輕改的。同一時代，另一大學者王國維有一篇〈論新學語之輸入〉，開篇就說：「近年文學上有一最著之現象，則新語之輸入是已。夫言語者，代表國民之思想者也。思想之精粗廣狹，視言語之精粗廣狹以為準。」此文主張翻譯外國著作，特別是思想哲學類的，大可借用日本的漢字譯語，而不必新譯。這一點對不對，姑且不論，但王氏的意思是本國文化原來沒有的概念，要介紹進來，必須發明或借用適當的詞語（學語）來表達，這當然是正確的。不僅需要新詞語，也要新句法，才能把概念運用出來。上引王國維的幾句話，就不是西學東漸以前的文言語法了，陳獨秀的幾個「的」字似乎也有借用西洋思維方式批判傳統文化的自覺。當然，王國維也用了不少「的」字，例如同一篇文章的下文：「吾國人之所長，寧在於實施之方面，而於理論之方面則以具體的知識為滿足。」大抵出於同一考慮。

二〇一二年八月

第一之後是第幾 ✷

張愛玲散文〈燼餘錄〉寫香港淪陷時的所見所聞，雖然她說都是不相干的事，但親歷者的證詞，又是張愛玲這樣敏鋭的人，我們在好幾十年後讀起來，反而覺得比正式歷史著作，更能讓人感受到戰爭的重壓。

「到底仗打完了。乍一停，很有一點弄不慣，和平反而使人心亂，像喝醉酒似的。看見青天上的飛機，知道我們儘管仰着臉欣賞它而不至於有炸彈落在頭上，單為這一點便覺得它很可愛。冬天的樹，凄迷稀薄像淡黃的雲；自來水管子裏流出來的清水，電燈光，街頭的熱鬧，這些又是我們的了。第一，時間又是我們的了——白天，黑夜，一年四季——我們暫時可以活下去了，怎不叫人歡喜得發瘋呢？」首先，她說「仗打完了」，是指日軍進攻十八天，駐港英軍終於投降，香港開始三年零八個月的淪陷，時為一九四一年十二月二十六日。也許有人無法接受她的歡喜，但我們暫且轉向不相干的小節：為甚麼「第一」之後沒有「第二」、「第三」……？

這裏「第一」大概是「最重要」的意思，就像「安全第一」。攻防戰告一段落，日本軍機飛過就是飛過，不再代表需要逃命。平時以為理所當然的自來水呀、電燈光呀、街頭熱鬧呀，人一死就受用不了，幸而絕處逢生，這才發現沒有甚麼是理所當然的。冬天的樹那一句是甚麼意思？能夠活着就好，樹木縱不漂亮也顯得可愛？淒迷稀薄的樹象徵戰時情境，用來反襯「不正常」的狂喜？這段話壓縮得厲害，也不按照讀者易於理解的層次寫出來，卻恰好是「心亂」、「喝醉酒」的情狀。

〈燼餘錄〉前文還有一處，英國籍的佛朗士教授無辜被英兵槍殺，這是「最無名目的死。第一，算不了為國捐軀，即使是『光榮殉國』，又怎樣？他對於英國的殖民地政策沒有多大同情」。這裏簡單一點，在「即使」之前補上「第二」，句子就回復正常了。

印象中張愛玲數了第一沒有第二，不止這兩處。利用張偉光、蘇廷弼兩位製作的「華文字句搜尋網」，找到〈傾城之戀〉也有一句。那是白流蘇剛掛斷了范柳原的電話，鈴聲又響起，流蘇知道是柳原打來，本來不想接，但突然想到不能吵醒了整個淺水灣酒店，「第一，徐太太就在隔壁」。無論白流蘇或張愛玲都不會準備把徐先生和他們的兩個孩子好整以暇地數下去吧。只看眼前，顧不了下文，不正是白流蘇此時的處境？

第一之後沒有第二，可能是張愛玲與別不同的語言習慣，一旦和適合的情境配上，第二、第三……的出缺反而變作飽滿的言外之音。我不是張迷，但對祖師奶奶的文筆仍無法不佩服。

二〇一二年九月

朱自清望「死路」上走？✷

小思老師近日在他報的專欄裏提起朱自清，但不是談眾所周知、熟得要爛的〈背影〉、〈荷塘月色〉、〈槳聲燈影裏的秦淮河〉等名篇。小思老師建議一讀的是：〈那裏走〉、〈執政府大屠殺記〉、〈論青年〉、〈動亂時代〉等，這些另類選文可以讓我們「體察在亂世中，有良知而又不敢革命的知識分子的悲懷」。

總忘不了多年前一個午後初讀〈那裏走〉的情景。這篇沒有甚麼清詞麗句的長文，吸引力遠超過中學課本裏的朱氏名作，快讀一遍後忍不住回頭慢讀，讀完第二遍，天色竟已暗沉下去了。〈那裏走〉寫於一九二八年二月。兩年多以前，朱自清轉到北京的清華學校任教，結束了在南方幾所中學流轉的生涯，稍稍安定下來；再過半年，清華學校將易名大學，朱自清就會成為大學教授。這一年該是他事業發展的轉捩點，可是〈那裏走〉透露的是無路可走的悲哀，而這無路可走竟又是出於他的真誠抉擇。

文中分析十年來的社會變化，「從自我的解放到國家的解放，從國家的解放到 Class Struggle」，「在〔自我〕解放的時期，我們所發現的是個人價值。……這時是文學、哲學全盛的日子。……三四年來，社會科學的書籍，特別是關於社會革命的，銷場漸漸地增廣了，文學、哲學反倒被壓下去了；直到革命爆發為止。在這革命的時期，一切的價值都歸於實際的行動；軍士們的槍，宣傳部的筆和舌，做了兩個急先鋒。只要一些大同小異的傳單、小冊子，便已足用；社會革命的書籍亦已無須，更不用提甚麼文學，哲學了」。

製作傳單和小冊子當然用不着文學教師或學者，但令他更不安是根據革命的邏輯，他所屬的階級註定要被消滅。能夠反戈一擊，順應時代潮流嗎？「我解剖自己，看清我是一個不配革命的人！這小半由於我的性格，大半由於我的素養；總之，可以說是運命規定的吧。……我在Petty Bourgeoisie裏活了三十年，我的情調，嗜好，思想，論理，與行為的方式，在在都是Petty Bourgeoisie的；我徹頭徹尾，淪肌浹髓是Petty Bourgeoisie的。離開了Petty Bourgeoisie，我沒有血與肉。我也知道有些年歲比我大的人，本來也在Petty Bourgeoisie裏的，竟一變到Proletariat去了。但我想這許是天才，而我不是的；這許是投機，而我也不能的。在歧路之前，我只有徬徨罷了」。朱自清寫文章向來不愛露才揚己，文中夾雜外語Class Struggle（階級鬥爭）、Petty Bourgeoisie（小資產階級）、Proletariat（無產階級），實在是因為未有通行的中譯，可見這種單一進化路線的史觀在當時還是新鮮的議論。

我們佔了後見之明的優勢，目睹歷史進程在八十年代脫離了馬克思規定的軌跡，有人甚至宣布歷史已經終結。可是在這以前，朱自清的預感是正確的，而他令人動容之處是以無比的勇氣維護真心感受：「我既不能參加革命或反革命，總得找一個依據，才可姑作安心地過日子。我是想找一件事，鑽了進去，消磨了這一生。我終於在國學裏找着了一個題目，開始像小兒的學步。這正是望『死路』上走；但我樂意這麼走，也就沒有法子」。朱自清這一年剛滿三十歲，生命還剩下二十年，這二十年走的都是「死路」？也不見得，但要另文再說了。

二〇一二年十月

歷史的教訓 ✷

朱自清在一九二八年的〈那裏走〉說，「國學是我的職業，文學是我的娛樂」，準備以此自我麻醉，靜候所屬的小資階級被革命者消滅。朱自清一直敬服胡適，儘管對馬克思主義史觀看法不同，以知識、學術改良社會的宗旨，仍大有相通之處。正是這樣，朱自清深信革命的進程早已註定，但本於對自己內心的忠誠，哪怕自己的階級最終會給葬送，仍不肯為優渥前途而改變。既不投機進取，也不明哲保身，實在太天真、太傻了，可又多麼悲壯。

如果革命是詩，隱遁是只說閒適的話或甚麼都不說，朱自清始於寫詩，繼而以抒情散文蜚聲，後來兩者都放下了，卻仍在〈論無話可說〉中偶露一鱗，批評當時社會上喧騰的言論「壓根兒就無所謂自己的話」，可見他是悲觀而不能甘於沉默。隨着形勢緊張，穠麗的抒情文和描寫文的確不寫了，抗戰開始後連記人記遊的文章也大大減少，此後大部份是學術著作，可最令我感動的反而是收在《標準與尺度》、《論雅俗共賞》裏的晚期文藝論文。

朱自清早年自揣不能參加革命，是因為小資階級的意識深入骨髓，無從洗淨，但後來心態漸變，認為文人只要作為平民而生活，「自覺的努力發現下去，再多擴大些，再多認識些，再多表現、傳達或暴露些，那麼，他們會漸漸的終於無形的參加了政治社會的改革的。那時他們就確實站在平民的立場，『作這個時代的人』了」（〈甚麼是文學的「生路」？〉）。而他的論文如〈文學的標準與尺度〉、〈論通俗化〉、〈論標語口號〉，也都努力體察新興文學現象背後的原理，嘗試了解接納社會的變化，為後來者指引方向。朱自清由此找到了研究學術和改革社會的契合點。這並不是曲學阿世，因為他沒有自我標榜為新時代的先鋒，而且他努力擴大文學的標準，擁抱平民時代之餘又呼籲包容不同的美感，不要把文學徹底變為工具。

朱自清在一九四八年過世，只有五十歲。翌年毛澤東在〈別了，司徒雷登〉一文把他和清華大學老同事聞一多相提並論：「我們中國人是有骨氣的。許多曾經是自由主義者或民主個人主義者的人們，在美帝國主義者及其走狗國民黨反動派面前站起來了。聞一多拍案而起，橫眉怒對國民黨的手槍，寧可倒下去，不願屈服。朱自清一身重病，寧可餓死，不領美國的『救濟糧』。」正如有人提問，如果魯迅活到五十年代會怎樣，朱自清的下場恐怕相差不遠吧，但能夠因此說他們當天太愚昧了嗎？最近讀陳致的《余英時訪談錄》，陳先生問有沒有方便的途徑可以實現現代化的目標，又能避免後現代的弊病，余教授說，不會有這種方便的途徑，「『頭痛醫頭，腳痛醫腳』，就是最高境界」。如果真有所謂歷史的教訓，這可能就是了。

二〇一二年十月

宜亭・宜樓・宜苑——分寸感之迷戀 ✷

山好即為分手處，花深猶作上顏光。

——張紉詩

1.

我只能引述《等待果多》作者貝克特的話：「我們必需創造一個世界以求生存，但即使是新創的世界，仍充滿了恐懼與罪行，一切全根植在絕望中。」並簡略地表示對這番話的抗拒、不安。

2.

就我所知，最少有兩個宜亭、三幢宜樓、一座宜苑。

我只到過其中一個宜亭。

長洲舊日又稱啞鈴洲，狀如其名。渡輪碼頭在啞鈴把手向西一側，附近大街上一列酒家食肆，侍應殷勤招徠。遊客都擠在十餘分鐘步程的範圍內，不是吃喝就是游泳。

宜亭卻遠在啞鈴南端的山上，寧靜地俯瞰東南方的大海。不過是個混凝土六角涼亭，綠瓦飾頂，柱子漆上紅色，不尋常的是亭內外和周遭石壁上刻寫了許多文字。朝路口的亭柱有一副行書對聯：「一水抱山朝日月，萬松激響動風沙。」一筆勢飛動，意境開闊，落款是蔡張紉詩。中間橫匾篆書「宜亭」兩個大字，小字「甲寅春三月蔡念因」。亭內正中枋樑上則是一篇〈宜亭記〉，蔡念因撰並書。其他內外枋樑都掛上刻有七言絕句的雲石板，皆為張紉詩手跡，其中四塊配以蔡念因所攝的中年女子照片，相中人就是張氏了。亭外石壁的文字，油漆多已剝落，又長了雜草，但其中兩行各七個大字的句子仍舊顯眼：「百粵詩壇虛左席，元宵文會失斯人。」前後另有兩行小字：「蔡夫人張紉詩女史靈右」，「壬子元宵前二日謝熙書挽」。壬子是一九七二年，甲寅則是兩年之後。也就是說，宜亭在張紉詩去世兩年後落成。西式建築技術和中國傳統美學，近半世紀前在這裏奇異地結合起來。

從〈宜亭記〉可知，張紉詩世居廣州，早年隨名儒習經史詩詞，三十年代曾任國民政府高層兼名詩人陳融的記室，整理其圖書，並與嶺南文士結社聯吟。一九四九年冬移居香港，授徒自給，以詩詞、書法及畫牡丹知名。五十年代後期接連到東南亞各國展覽，與當地詩人贈答。越南華僑商人蔡念因「慕其為人，遂訂百年之好」，相偕遠遊美洲、日本各地。其後二人「倦遊歸港，息影宜樓」，因喜愛長洲風景人情，時時前往。張紉詩曾對蔡念因說該有一個亭子供人憩息，言猶在耳，一九七二年得病去世，葬於長洲墳場。兩年後，蔡念因在距墳場不遠處築亭紀念，廣邀張紉詩生前的文友題詠。因張紉詩又名宜，故號為宜亭。

忘了最初在哪裏知道張紉詩的名字，斷斷續續地讀到她的詩詞和軼聞，最後竟不能自已地翻閱她的遺作、蒐集她的生平事跡、懸想她在各種狀況下的心情。百粵詩壇的席次我不能妄論，但一種微妙的觸動隔着不長不短的時間，不遠不近的空間，不陌生但也不再親切的文字體裁，持續不息。我嘗試捕捉，最終只寫出一堆繁瑣的考訂。

3.

宜亭向路口的階梯旁，有兩根小石柱，刻着蔡念因撰的輓聯：「宜樓相守以詩書，九載無猜，願來世再為連理樹；漁舫初逢知肺腑，百年有數，到今朝休問牡丹花。」一幢宜樓在港島太平山麓，是蔡張婚後的居處；越南西貢，即今天的胡志明市，另有一幢宜樓。九載無猜，由越南的宜樓算起。

一九六四年二月一日，即癸卯年臘月十八日，張紉詩攜牡丹詩畫到越南展覽，住在蔡念因家裏。農曆年底，寫了一首〈宜樓除夕〉：

故家風氣竟南流，壓歲孤懷筆下收。
隨分鬢絲如夢改，無多心繭為誰抽。
夜籠碧海添新浪，春在湄河更上游。
堤岸歸來燈似畫，滿身花影上宜樓。

七言律詩有嚴格的聲音和對偶規範，作者的想法要從形式的重重禁閉中掙扎出來，但對出色的詩人來說，那些束縛往往激發出複雜豐富的意旨。〈宜樓除夕〉由時當歲暮、滿懷孤寂寫起，最後歸於一片熱鬧欣然，中間兩聯是情感變換的通道。隨分而行和鬢髮轉白、人生似夢，有甚麼關係？是慨歎自然定律下人總不能免於年華老去，還是已經接受年華漸逝，將以順其自然的心情面對？無多心繭是不再為人妄動感情，如蠶吐絲自困，還是期待遇上值得的人好吐出所餘無多的心絲來結繭成蛾？奇妙的句法讓相反的意思同時存在。且不忙判斷哪一種解釋正確，誰說人不能既哀且樂？但究竟是怎樣的情境讓人哀樂難分？第三聯「夜」和「春」當然是除夕的點題。碧海是泛指，湄河卻是專名，不平衡的對偶似乎把時光流逝的抽象概念猝然顯影在身邊眼前。是因為這樣，所以大地春回又暗示人與歲時一樣，即將除舊布新？堤岸是西貢華人的聚居地，想必有年宵夜市。遊賞歸來，款步登樓，低頭一看，原來滿身披了花影，這不過是節慶的歡快？

蔡念因後來回憶，「紉詩遊越南，余以久慕才華，遂迎居敝齋」。其實張紉詩到越南，很可能就是蔡念因的邀請。輓聯「漁舫相逢」指一九六三年二人在香港仔的太白海鮮舫相識，當日蔡念因帶來一幅竹蔬圖，張紉詩題上一首七絕。大概是這次見面時或稍後，蔡念因邀約往遊越南。不久二人在香港再見面，張紉詩寫了一首七律〈蔡念因宴於中國酒樓，同席均有詩，余亦賡作，並堅南遊之約〉，可見之前已經答允了。五年前張紉詩往菲律賓，也由當地文友招待，主人特意為她新蓋了一間房子，但這次是住到蔡氏家裏。看來二人甫一認識就頗為相得，輓聯的「知肺腑」並非虛語。

越南宜樓作客期間，張紉詩寫了一首〈曉望同念因〉：

曉粧同上霧樓台，混沌乾坤似未開。
到此亦知人事否，太分明處即癡呆。

詩中沒有應酬的客氣話，反而是坦誠地勸勉開導。人事不要過於分明，否則就是呆子了，這是做人處世的一般道理，還是特有所指呢？

在越南住了三個多月，張紉詩繼續遠遊美洲，蔡念因也同去，但詩集裏沒有留下任何痕跡。倒是在張紉詩回到香港後，蔡念因寄贈一首七律：

為儒為賈不相宜，百不如人祇自知。
促膝暢談欣有酒，傾心向慕可無詩。
相逢似晚原非晚，願學寧癡漫笑癡。
蕭艾即今愁遍地，好尋蘭芷到江湄。

張紉詩的和作題為〈念因五十為詩，時南北越方有警備，和原韻卻寄越南，不勝故國天涯之意也〉：

鷗自忘機一水宜，姓名偏被史家知。
為誰百計中年事，從此千秋半世詩。
菊秀豈無歸徑意，梅枯猶有待春癡。
星燈便是焚琴火，望遍南湄又北湄。

蔡作附於張紉詩的詩集裏，沒有獨立題目。根據張詩的題目來理解，蔡念因先是自謙讀書和經商都沒有成就，現在到了五十歲，想學寫詩云云。「相逢」句是說學詩太遲，然而也不遲；「願學」句則指懷着一股傻勁，只盼別人不要笑他是傻子。但如不受限於張氏的題目，蔡念因「傾心向慕」的可不止是文字之「詩」，更是佳人之「詩」。句子有點樸拙，但雙關的語意十分清晰。「癡」字說了兩次，既謂自甘於癡，又請求不要嘲笑自己的癡，這顯然是遙應「太分明處即癡呆」。張氏的和詩第三聯上句用陶淵明〈歸去來辭序〉「三徑就荒，松菊猶存」的典故，暗示有「歸去」的打算，下句押韻的「癡」字不再解作「癡呆」，卻指枯梅尚待再春的妄想癡心。但歸去是歸向哪裏，待春枯梅指的是誰，儘管呼之欲出，終究不肯點破。和詩的題目又說「時南北越方有警備」、「不勝故國天涯之意」，把「蕭艾即今愁遍地」引向時局之想，這固然有〈離騷〉「何昔日之芳草兮，今直為此蕭艾也」作根據，但蔡氏尋找的江湄蘭芷，難道首先不是和他「促膝暢談」那人？

詩集裏緊接着的是〈余之牡丹畫會舉於菲京，念因自越南寄贈玫瑰一籃，後為梅畦留取。余既歸香港，省余以賞玫瑰詩寄示，知該花未謝，豈仙種耶？因答和一章，分柬念因、梅畦、省余〉，意思是張紉詩在菲律賓首都馬尼拉舉行畫展，蔡念因從越南遠道寄來一籃玫瑰祝賀，展覽結束，在菲的友人梅畦保存了那籃玫瑰。張紉詩回到香港後，收到另一位菲國友人省余的賞玫瑰詩，因此知道玫瑰經久未謝，乃和作一首分別寄給念因、梅畦和省余三人。驚歎為仙種似乎有點刻意的誇張。此詩末聯「杜威海與湄南水，點滴澆人恐亦癡」，杜威海當是指菲律賓的馬尼拉灣，美國海軍將領喬治．杜威的艦隊曾在此擊敗西班牙軍，故名。但更值得注意的當然是韻腳又押了「癡」字。

翌年春天，蔡、張結縭，張紉詩〈乙巳正月初九日與念因締百年之好有賦〉再次用了梅花的比喻：「小劫梅殘始見春」，蔡念因同題之作則說：「宜樓風月宜同賞」。從一九六四年到一九七二年，相守於越南和香港的宜樓實得八年，第九年才剛開始。悼文說張紉詩卒時六十四歲，足齡僅六十。

4.

蔡念因對張紉詩的人和詩，有一種狂熱的迷戀，這才讓我有可能在張氏逝世多年後仍能對她有點了解，但想來這種狂熱也是觸發我努力蒐尋的原因吧。蔡念因不讓張氏的詩作——更準確地說，是世人對張紉詩身為詩人的記憶——輕易丟失，先後為她出版了《張紉詩越遊唱酬初集》一卷、《張紉詩詩集》四卷、《張紉詩題畫詩集》一卷、《張紉詩詩詞文集》一卷，又輯集文友為他們結婚、張氏去世所寫的慶弔詩詞成為《百年好合集》、《蔡夫人張紉詩女史哀思錄》、《蔡張紉詩夫人紀念亭紀念堂落成專刊》諸書。蔡念因還說過要出版一本攝影題詠集，那是張紉詩初訪越南時，蔡念因為她所攝的百多幀照片，每幀都有張紉詩的題詩。我沒有找到此書的著錄資料，只能藉着長洲宜亭枋樑上的四首絕句和相配的照片，馳情想像一番。除此以外，當初在越南和文友唱和的來往詩詞，蔡念因一一拍照紀錄，及至張紉詩晚年得病入院，兩個多月間親友探病者據說達千人之眾，蔡念因也都逐一攝影留念，部份刊於《哀思錄》中。

多得香港公共圖書館的「多媒體資訊系統」，讓我從舊報紙中檢索到蔡念因每年清明、重陽舉辦追思雅會，邀請文友以至公眾到長洲掃墓或酒樓宴集的報道，以及會上酬唱的詩詞，最後一則消息在一九八二年，張紉詩逝世已滿十年。大概在此之後，蔡念因移民美國，紀念活動改在海外舉行，香港就沒有報道了。不過在一九九八年仍有《張紉詩詩詞文集》在香港出版，蔡念因的序文末署撰於「洛杉磯宜樓」。這該是張紉詩不曾住過的第三幢宜樓。

5.

貝克特那段話我是從西西《試寫室》看到的。這本書結集了西西一九七〇年所寫的專欄，那時張紉詩還在世，但西西只寫新詩，他們應該並不相識吧。我很高興西西在那篇叫〈貝克特說貝克特〉的短文結尾處，表達她對《等待果多》的異議：「看完了雖然覺得難過，但也不必對世界完全失望。」

讀到張紉詩〈自題畫牡丹〉的「春風不用驕人世，我亦能開頃刻花」，我突然明白了自己孜孜撿拾張紉詩軼聞事跡的原因了。她正是那種能夠造出一個世界的人——不止供自己生存，也讓別人生存。但她不需要把原來的世界推倒重造，而是把現實修訂為更恰當的存在，像〈小樓聽雨〉的「此是夜深天上曲，敲花原不礙高眠」、〈送秋雜詠——秋山〉的「紅葉迴風力已微，老鴉伸頸啄斜暉」。更吸引我的是那些世界展開的方式：先是令人驚疑不解，接着卻發明出一種意想不到的情理，像〈戊子春二月送競生之金陵〉的「送客不須留後約，月明隨處見離心」、〈贈別王素琴〉的「山好即為分手處，花深猶作上顏光」、〈答友來書〉的「月無心缺人何怨，雲有情歸嶺不孤」……不止一位文友憶述，她「即席唱和，雖十數首，頃刻可得，談笑自若，未嘗見其構思然者」，「即席揮豪，敏捷無比，往往數十首律絕，片刻即成，且每首必有奇句神句」。是的，她一生所作詩逾三千首，僅自題畫牡丹就超過一百首，「奇句神句」在尋常且重複的話題中應手而出。那種從未枯涸的撫慰力量，就是蔡念因用她的名字像咒語般加持所到之處的原委？

翻閱《張紉詩詩集》的最後一卷，那是張紉詩去世半年後出版的遺著，發現原來還收錄了文、詞和對聯。文選的第一篇是一九六四年的〈宜苑記〉。一直以為宜亭、宜樓，都是因張紉詩而得名，原來還有一座宜苑，在越南的大叻，是蔡念因的別墅。此文敘述宜苑得名，是由於張紉詩「顏都中邸宅曰宜樓，先生欣然並以名別業曰宜苑」。都中即西貢，顏本來指人的額頭，引伸為廳堂正中懸掛的牌匾，用作動詞就是為邸宅命名或題寫名稱。〈宜苑記〉解釋宜字的取義，說「斯苑因人而宜」，天、地、人皆宜於蔡氏，蔡氏亦宜於人，「宜乎其無往而不宜也」。這些理由當然大方得體，但宜也是張紉詩的名字，難道只是巧合？宜樓、宜苑、宜亭真由張紉詩所取名，還是蔡念因藉以披露中情？此文既不拂逆居停主人的心意，也為當時的彼此留下迴旋之地，啊，那種靈活的分寸感豈不與張氏的名字和詩藝同出一轍？

宜苑中有亭，蔡念因順理成章名之為宜亭。這是最初的宜亭。

二〇一六年八月

分寸感之再迷戀 ✷

《張紉詩越遊唱酬初集》四月初將在書店拍賣，友人在WhatsApp裏報訊。我轉用智能電話僅僅兩個月，WhatsApp於我還是挺新鮮的玩意，舊書拍賣會更從來沒有參加過。看看底價，數額不大，但值得嗎？我可從來沒有收集舊書的癖好哩。於是像魯迅對郁達夫邀稿那樣，「漫應之」：會去一開眼界的。

近來的確有點迷上了這位女詩人，在台灣的網上二手書店先後收得《張紉詩詩集》三卷，到圖書館借了她的題畫詩集來讀，也特意翻了翻潘新安的《草堂詩緣》、鄒穎文編的《李景康先生百壺山館藏故舊書畫函牘》和《書海驪珠》等，「八卦」她的事跡和墨跡，求助於互聯網魔鏡更不在話下了。後來選擇了一些不至過份「八卦」的事情，寫成了一篇〈宜亭・宜樓・宜苑——分寸感之迷戀〉。原以為這就告一段落，很快有其他事情分散我的注意了，不料仍未到放下的時候。

這部《唱酬初集》是張紉詩一九六四年挾藝遊越南，與當地文人詩詞贈答的作品合編，由居停主人、也是後來夫婿的商人蔡念因一力促成。張紉詩所挾之藝，不止文學，更有國畫，以畫牡丹見稱，書中附入照片多幀，可惜僅以黑白印刷，姚黃魏紫萎謝成一團團灰黑。拍賣本書脊破損，貼上牛皮膠紙修補，但膠紙有些地方也已碎裂。書背有一張澳門木橋橫街七號萬有書店的價錢貼紙，與拍賣的底價相去不遠——猜想那些數字是標價吧——，引起了我撿「便宜貨」的傻念頭。更傻的是本來決定只追一口價，電光石火間，竟再追了一口，多付了四分之一價錢。回家抹淨書上灰塵時，只好幻想它在越南出版後，怎樣給帶到澳門，再轉售至香港，最後與我有緣相聚的曲折傳奇經歷，藉以稍減心痛——畢竟是比半個世紀更長的五十三年啊。

之前寫那篇文章時，反覆思量張紉詩為何如此吸引我，認為是一種表現出為人處世分寸感的詩藝。這在《唱酬初集》裏看得更真切。書中有一幅與人合作的木棉牡丹圖，張紉詩所題的七絕云：「唐宮雨露越臺煙，綠墮紅甦落素箋。富貴英雄餘事矣，一枝撐住嶺南天。」第一句並提木棉和牡丹，第二句說繪畫，都是應有之義，第三句仍是並言兩種春花，卻說富貴、英雄都不重要，原來是蓄勢轉入木棉作結，不着痕跡地讚美對方，同時不失個人身份。五四新文學發端於推翻舊文學，對傳統詩文中大量的酬答文字尤其不屑，態度平和如周作人也高調宣揚「將文藝當作高興時的遊戲，或失意時的消遣的時候，現在已經過去了」。他們把文藝視同「工作」，自然鄙薄類於遊戲的唱酬了。事實上大部份唱酬之作也都不免肉麻虛偽，不過在革命潮頭已經遠去的今天，我們大抵容得下 All work and no play makes Jack a dull boy 的道理了，張紉詩的才華也就可以用另外的尺度來重新衡量。

拿出《張紉詩詩集》卷三對照，《唱酬初集》的作品有一半已在那裏，沒有錄入的是別人投贈之作。有些句子在《詩集》中不好懂，例如「千花為我風華減」，看《唱酬》原來贈詩有「姚黃魏紫歸圖繪」之句，是說她畫牡丹，張紉詩則回應牡丹雖畫得多，但未能盡善，既重申自己術有專門，又出之以謙虛的語氣，與贈詩並讀才明白措詞之巧妙。可讀此書未免遺憾的是，贈詩大部份都給比了下去，沒有各擅勝場的緊湊，像「同慶樓頭春酒綠，湄江河畔夕陽紅」，平板無奇，張紉詩的步韻和作「湄南照席月當白，洛下移花春更紅」，夭矯靈動多了。又如「東風送客過南州，萬紫千紅似點頭」，稚拙生硬，與和作「燕雀翱翔出禹州，白雲多處一昂頭」，不能同日而語，但和詩反用《史記》陳涉「燕雀安知鴻鵠之志」的典故，仍是一片謙抑。

張紉詩出自廣州西關名門，抗戰勝利後曾遊宦南京，不久辭官回到廣州，大陸易幟南來香江，傳記謂她「授徒自給」，其實由五十年代後期開始，已賴鬻畫為生。前此往菲律賓、印尼等地是為了開畫展，這次到越南也一樣。牡丹是花之富貴者，世俗所共愛，張紉詩專畫牡丹，顯然曾有現實的原因。對詩才遜於己者沒有輕施白眼，除了性情溫厚，恐怕不無同樣的考慮。但無論如何，倘若沒有出色的詩藝，以及立言的分寸，則也只能寫出既鄙俚又阿諛的字句罷了。

蔡念因在《張紉詩詩集》卷三的序言裏交代，張紉詩初遊越南，蔡氏為她拍了百多張照片，張氏逐一題詠，預告快要另行結集出版，不知道為甚麼沒有了下文，我只在紀念張紉詩的長洲宜亭看到四幀。《唱酬初集》令我喜出望外的是收進了另外兩幀，一幀河畔倚欄，詩云：「天南春日到□襟，略似靈均澤畔吟。一水十年橫鐵鎖，如何猶有望江心。」（首句有一字未能認出）另一幀湖上曲橋小立，詩云：「隔水朝煙撥不開，天池閒卻釣魚台。百年心事無人會，自擁春衫照影來。」詩當然寫得鏗鏘有致，但稍嫌沉重，似乎與照片的閑靜神態不相稱，反不如宜亭裏其中一幀令我印象深刻。張紉詩在樓上探身出窗外，鏡頭以仰望的角度，拍得她笑靨如花，詩云：「翠環樓閣近湄江，亂拂東風鬢一雙。碧海嫦娥春不夜，為花開盡讀書窗。」回心一想，那是二人初生情愫的時候，此詩僅以淡筆若有若無地暗示，其他幾首則或寓沉重的家國情懷，或表曠達的人生體會，偏偏避免寫到二人的關係，相信是經過深思熟慮吧。

然而最能呈現張紉詩那種分寸感，是在我的一個夢裏。寫完〈分寸感之迷戀〉三個月後，我夢到出席一個徵文比賽的評審會議。評判共有三人，大家在又像酒樓，又像會議室的地方坐下，因為彼此並不認識，就隨便說些寒暄話。

我直覺其中一位評判是張紉詩——另外一位的樣貌，甚至性別都忘記了——，就對她說，最近幸運地購得了您的詩集。她露出溫暖的笑容，徐徐地用正宗的西關口音粵語說，還有第四卷哩。雖然是在夢中，我還是馬上明白了這委婉的暗示：她已經不在人世了。我還未購得的《張紉詩詩集》卷四是她死後才出版的，但當時我一點都不覺得害怕。

《唱酬初集》歸我後，用 WhatsApp 告訴友人，友人問不太貴吧，我報了價錢，他只回了一個字：「抵！」過了好幾天才想到，這毋寧也是一種說話的分寸？

二〇一七年四月

饕餮 ✷

偶然讀到這本日記，忍不住節抄一些：

十九日　星期日　晴

……

整天未起床，用熱水袋熱敷胃部。

二十日　星期一　晴，下午陰

病愈。

……

二十一日　星期二　晴

……

貪吃致胃感不適。

二十二日　星期三　陰

……

晚，請駿齋、冠英夫婦、嘉言、仍因、二弟、三弟，在雲南服務社吃了四隻燒雞。很痛快，共用十七元。

……

二十三日　星期四　晴

勿貪食。

……

晚上胃不適，頗煩悶。

二十四日　星期五　晴

……

晚，三弟在南豐請汪、吳，二弟及我亦去作客。聽汪談了事情的原委，這恐怕是一種陰謀。吳（茂如）的口齒厲害。菜飯佳。得《中學生》稿費二十一元。

……

二十五日　星期六　晴

……

下午訪吳先生夫婦，以咖啡和甜點款待我們。他們對我們很殷勤。……

每天所記很短，我略去的並不多，這個星期也沒有甚麼大事，只是過飽和胃痛的因果一再重演。

日記其他部份還有不少「因食得太多而胃病惡化」、「胃病需要注意」，但往往和上面一樣，頭一天自我警惕「胃病宜注意」，翌日仍舊「吃得太多！腸胃消化不良」。

在簡約的行文裏，留給美食的篇幅卻絕不吝嗇：「晚到吳家，吃杏仁豆腐，以洋菜糜和杏仁露凝成，再加杏仁露湯，味甚美。又進雙弓米，小菜四色：鹹蛋，綠筍，菜烘，鯽魚，均可口——後兩色尤佳」、「在陶陶居食油茶，確甚美」、「在冠英家晚餐，吃到家鄉菜飯，十分滿意。晚餐後愉快交談」、「在達元家吃水果羹」、「參加為紹谷送行的晚餐會，菜肴特好」。這天甚至只記一件事情：「竹的同事邀午餐，菜佳。」

他慣常緊張而敏感，但胃口不受情緒影響：「洗衣的事已使我頗煩躁，而住室內整天嘈雜不已，怎能安靜地讀書？今天只讀六十頁。對芝麻醬麵條滿意。」「感到公超經常過於高傲。……在公超家用午餐，炸牛排甚佳，糖拌燕麥粉也不錯。」

——是的，公超就是葉公超，二三十年代任教於北大、清華的西洋文學名教授。抗戰軍興，葉氏隨大學內遷，即使僻處雲南，外國品味依舊維持得住。

但這位沉溺於食物——其實還有酒：「飲酒過多，一定要喝到最後一滴酒方才罷休，這不僅不必而且很不好。」、「午餐因飲酒過多致醉。疲倦。」——的，如果並非名聲更響亮的朱自清，我不會這樣大驚小怪。

我絲毫沒有譏諷的意思，也不敢居高臨下地同情，只是想到〈槳聲燈影裏的秦淮河〉，他聽歌妓演唱的欲望在自己想像的社會壓力下徹夜翻騰，終究幻滅，也許暴食違反道德的程度遠低於聽歌，可以容許它宣泄，何況事後身體的痛苦既是懲罰，也是寬恕，因此就像成癮般不能自拔了嗎？《左傳》裏有「惟食忘憂」的話，他可說是極端地實踐了。

比他年輕十多歲的錢鍾書，說「此諺殊洞達情理」，但也只道着一半。錢氏從費爾巴哈「心中有情，首中有思，必先腹中有物」，以及但丁「饑餓之力勝於悲痛」得到啟發：「唯有食庶得以憂，無食則不暇他憂而惟食是憂也」，意謂飲食能夠緩解的憂愁畢竟並非最切身，到兩餐不繼時就只剩下對食物的憂愁了。錢氏畢竟世故得多，故能終生不失瀟灑風神。朱自清在後來一段頗長的日子裏，不僅沒有名隨身滅，還受全國景仰，則是因為那句勿庸再議的評斷：

「一身重病，寧可餓死，不領美國的救濟糧」。日記裏也寫到此事：「我在〈拒絕『美援』和『美援』麵粉的宣言〉上簽了名，這意味着每月使家中損失六百萬法幣，對全家生活影響頗大；但下午認真思索的結果，堅信我的簽名之舉是正確的。因為我們既然反對美國扶植日本的政策，就應採取直接的行動，就不應逃避個人的責任。」仔細衡量後果，挺身負起責任，其實更近人情，更值得尊敬。

又想到，朱自清的散文裏似乎極少提到美食，《倫敦雜記》裏有一篇〈吃的〉，只記述見聞，完全不描寫滋味。此外就是收於《你我》的〈冬天〉，第一節幼年時和父親用小洋鍋煮豆腐，他「一上桌就眼巴巴望着那鍋，等着那熱氣，等着熱氣裏從父親筷子上掉下來的豆腐」。參照日記，我們切不可看輕了「眼巴巴」三字。

二〇一七年八月

飛鵝山上——敬悼余光中老師 ✷

1.

那該是一九八三年秋天至一九八四年夏天之間的事，我在香港中文大學中國語言及文學系就讀一年級，某天和同學路經本部校園百萬大道上的碧秋樓，我對那位同學說，剛才在我們身旁走過的就是余光中了。當時中文系的辦公室在碧秋樓，那人正從樓裏出來，身量不高，步履輕巧而穩定，神情嚴肅。不過後來愈想愈懷疑，究竟那天見到的是余光中，還是另一位外形有點相似的老師劉殿爵教授呢？

余光中老師的名字我在高中就知道了。一位中文科老師說近年會考設題愛用余光中、朱光潛的文章，小息時我到學校圖書館找出余光中著的《逍遙遊》，但根本看不懂他在說甚麼。升上大學，認識了同班的王良和。他初中開始寫作，得過不少青年文學獎的獎項，從他那裏我第一次聽到西西、鍾曉陽……，聽得更多的是他正在全力揣摩的余光中老師。余老師的文字風格、文學觀點我都是從良和的介紹裏有了初步印象的，於是我也開始期待二年級上學期余老師任教的「現代文學」了。

八十年代中期中大中文系的課程以古典科目為主，一、二年級必修四個學期由先秦到晚清的文學史，兩個學期的「現代文學」則是二年級的選修科，有點補足新文學史知識的意味，但不要求全選。那年余老師和黃維樑老師各教一學期，余老師教新詩、散文，黃老師教小說、戲劇，我的興趣在古典科目，只修了上學期，淺嘗輒止。「現代文學」表面上是分文類講授，但余老師以尹肇池（即溫健騮、古兆申、黃繼持三位的諧音合名）所編《中國新詩選》及一本現在已難買到的李采靡所編《中國現代散文選》作教科書，選篇講評，仍是順時序而教，重點在五四時期至三四十年代。余老師表達異常清晰，評析作品單刀直入，極少不相干的閒話。講課的內容有些已寫成論文，收於《青青邊愁》、《分水嶺上》二書，但還有頗多精微之論隨風而逝，未免可惜，例如說何其芳的散文句式歐化而冗贅，舉〈哀歌〉為例，「像多霧地帶的女子的歌聲，她歌唱一個充滿了哀愁和愛情的古傳說，說着一位公主的不幸，被她父禁閉在塔裏，因為有了愛情」，語病嚴重，儘管作者是憑記憶借用「一部法國小說中的話」，也說不過去；但何詩的收筆往往有佳句，例如〈歲暮懷人之二〉：「西風裏換了毛的駱駝群／舉起四蹄的沉重／又輕輕踏下／街上已有一層薄霜。」同一年還有一個「創作」選修科，余老師教新詩、散文，小班上課，機會難逢，但我全無創作經驗，不敢選讀。翌年升上三年級，余老師回到台灣，再沒機會修他的課了。

2.

在短短一學期的課堂上，余老師當然認不出我這個平凡學生。他對我有點印象，應該是一九九二年應新亞書院邀請回到中大作一系列的演講。當時我已碩士畢業，留校當導師，黃維樑老師派我接送余老師，並在一場面向中文系學生的演講中充當主持。此後，余老師到港時，我也常在正式場合中和他見面，但更愉快的是私下和余老師、師母吃頓飯，或在他們的酒店房間談一會，那幾乎都是黃秀蓮師姐的安排。

私下聊天時，余老師不像在講台上那樣光芒四射、字字珠璣，往往家常話說了幾句，師母就接過話題。師母語音清婉，說話不徐不疾，條理之清楚不亞於余老師上課時，而且她對人對事都有鮮明的見解，有時老師補充一兩句，但很少意見不同。想來他們平日無所不談，甚麼都討論透徹了。

余老師曾送給我好幾本詩集、散文集，以及其他人評論他的書，從台灣寄來的信封上一望而知是他剛正有棱角的楷體。後來從他的文章得知，但凡贈書，不僅寫信封，連打包、付郵都是他親自動手。可是我沒有收過余老師的信，幾次和他在電話裏聯絡，都是師母打來，接通了交給余老師的。好像只有十多年前的一次，余老師直接打來，開口仍是那緩緩的語調，你那篇寫我的論文是對的。停了一下，又說：某某人在某大學畢業，想到中文大學來唸博士。我頓時慌了手腳，因為中文系的成規是統一錄取，我無權決定收甚麼學生，只好把報考程序講了一遍。余老師沒有點破，又談了一些其他話才掛斷，絲毫未表露不快，他的體諒我一直心懷感激。

最後見到余老師是二〇一五年，這年他兩次來香港。先是新亞書院邀請他擔任錢賓四先生學術文化講座講者，兩場演講外加一場詩歌朗誦會，反應熱烈自不待言，但應付頻密的活動看得出他有點累了。活動結束，老師和師母回到高雄，不多久香港城市大學鄭培凱教授發來該校文化沙龍的邀請，嘉賓赫然是余老師。鄭教授是余老師早年的學生，在城大任教多年，主持的文化沙龍非常有名。以往幾次見邀總是陰差陽錯地去不成，這次無論如何不能錯過了。文化沙龍的前段是自助餐，以到會方式在一個活動室裏進行，我認識的人不多，隨便挑了個位子坐下，師母看見招我到他們那一桌，仍是說些家常話，也不免談到時局的不寧。沙龍後半是余老師演講，題目記不起來了，那天的活動可能相對輕鬆，余老師精神頗佳。

二〇一七年，台灣的中山大學為準備慶祝余老師九十壽辰，特來香港拍攝「余光中書寫香港」紀錄片，師母來電囑我帶拍攝團隊到他們當年的宿舍取景，余老師香港時期的許多詩文即寫於那個前臨吐露港、遙對八仙嶺的書房裏。我翻看日曆，余老師的生日在星期六，應該可以到高雄參加慶生會，並欣賞紀錄片首映。怎料中山大學的慶生會在生日前三天舉行，我因為上課無法出席。然後就是十二月初，黃秀蓮師姐告知余老師小中風住院，她本已訂了機票到台灣為師母祝壽，正好探望老師。再然後就是秀蓮 WhatsApp 裏陸續傳來余老師病情惡化的消息，至十二月十四日溘然長逝。

3.

十二月二十九日參加完高雄的公祭後，回到香港的家裏，已是凌晨一點，幾個小時後就要為中大中文系校友會的「重尋余光中山水因緣」文學散步帶隊導賞。那是九月時開始籌備的活動，我在活動介紹裏這樣寫：「余光中教授在

七、八十年代任職本系，課餘訪尋香港郊野，範水模山，寫成眾多膾炙人口的香港地景文學名作。歲餘得暇，且讓我們跟隨余老師的步跡，在現場重讀〈船灣堤上望中大〉（大尾篤）、〈牛蛙記〉（中大校園）、〈飛鵝山頂〉（飛鵝山）諸詩文，印證他的香港山水因緣。」在電郵寄給參加校友的資料冊上，我又臨時添了一句：「謹以此次行程記念余光中教授。」實在感慨萬分。

我們首先到大尾篤船灣淡水湖的長堤上，遠眺中大山城，誦讀「山盤水轉，再回頭來路已彼岸／波遠風長那對面／隱隱並矗的水塔下／背着半下午秋陰的薄光／高高低低斜錯的那些層樓／那一座是我的層樓啊蜃樓？」這是寫於一九七七年十二月的〈船灣堤上望中大〉，當時余老師在中大任教了三年多，已經適應了環境，開始好奇地探索校園以外的地方。這首詩上承《白玉苦瓜》已臻圓熟的詩藝，語言典雅自如，每行長短參差，但自有一氣貫注的節奏感，結構上則把空間的距離轉化為時間的流駛，預言「十年後」離港他去，「隔海回顧如前塵」。不想僅八年就下山了。

接着唸〈不忍開燈的緣故〉：「高齋臨海，讀老杜暮年的詩篇／不覺暮色正涉水而來／蒼茫，已侵入字裏和行間／一抬頭吐露港上的暮色／已接上瞿塘渡頭的晚景……」從中大六苑二B宿舍的書房遙望，正是我們站立之處了。這是一九八四年中的作品，已接近余老師「香港時期」的尾聲。曾有人批評余老師此一時期的詩作鮮少呈現香港的現代化國際大都市氣息，這未嘗非事實，卻不應忽略了作家的處境和追求。余老師移居香港，同時由外文系轉到中文系，生活、教學和研究都需要大規模的調整，而處身的又是當時遠離塵囂的沙田山中，所以「香港時期」的詩作不僅語言和意象愈趨古典飄逸，更時見與李白、杜甫、蘇軾等古代詩人神交往還，這當然因為研讀有得，才能妙入古人的世界。但余老師還有一系列重評五四經典作家、探討中文書面表達、評論古今遊記寫作的論文，都是因應新的學術崗位而開闢的研究領域。其時余老師介乎四十六至五十七歲之間，學問識見已達成熟階段，體能又足以應付驅馳，乃有如此豐富的創作和研究成果。

從大尾篤乘車到中大，我們坐在聯合書院的大草坪上，朗讀〈沙田之秋〉和〈沙田山居〉。余老師初到中大是應聯合書院之聘，擔任該院中文系的系主任，當時的辦公室即在草坪側的大樓上。〈沙田之秋〉（一九七四年）是余老師居港的第三首詩，〈沙田山居〉（一九七六年）則是居港的第一篇抒情散文，兩者在他的創作歷程以至香港文學史上都有非凡意義。前者延續余老師早已蜚聲文壇的鄉愁主題，但在這裏抓住了一個連結所在地和中國故土、卻不容許他順勢北上的事物——九廣鐵路——，提煉成為動人的意象，較之以往詩文中隔着台灣海峽的鄉思，別有一種強烈的張力。後者寫於一年半之後，有趣的是，文章似乎刻意避免發展為另一篇鄉愁之作，在想像的觸鬚伸展到香港的邊界時戛然而止，給人留下的印象是中大校園之奇美迷人彷若仙境。

余老師在詩集《與永恒拔河》的〈後記〉裏說，他居港四年半，所寫的詩已不限於「鄉國之思的時空格局」。其實同是「香港時期」的〈沙田七友記〉、〈催魂鈴〉、〈牛蛙記〉、〈我的四個假想敵〉等散文可能更膾炙人口，「幽默諧趣」在一般讀者心目中或已取代了沉重悲情的「自傳式抒情散文」，成為余氏文風的正字商標了。這些，證諸〈沙田山居〉，當是早有轉型的自覺。而從香港文學的角度看，余老師把香港地方風景寫進詩文裏，又匯聚諸家散文編成

《文學的沙田》（台北：洪範書店，一九八一年），雖然並非前無古人，但這種欣賞、愛惜在地的態度，在移居香港甚至長居香港的作家裏其時也不多見。香港地景文學中，余老師自有不可取代的位置。

在校園吃過午飯，我們再啟程往今天導賞路線的高潮：飛鵝山頂。途中我們誦讀余老師告別香港的〈十年看山〉：「十年看山，不是看香港的青山／是這些青山的背後／那片無窮無盡的后土／……看山十年，竟然青山都不曾入眼／卻讓紫荊花開了，唉，又謝了／……每當有人問起了行期／青青山色便哽塞在喉際／他日在對海，只怕這一片蒼青／更將歷歷入我的夢來」。可是我要指出，這種「人難再得始為佳」的懊悔，雖然充滿戲劇性，但從前面提過的詩文看來，卻不是真相，余老師早就投入在地的生活了。此詩的收結說：「十年一覺的酣甜，有青山守護／門前這一列，唉，無言的青山／把囂囂的口號擋在外面」，香港在中國歷史裏微妙的地位，余老師十年棲居的感恩，皆情見乎辭。再讀〈老來無情〉：「……每當我危立在飛鵝山頂／俯瞰一架架越洋的巨機／在壯烈的尖嘯聲裏／一揚頭便縱上了悠悠的雲路／不敢想某月某日，其中的一架／註定要武斷地挾我飛去／飛去了我，卻留下了飛鵝」，我們就到達飛鵝山的山下了。

〈飛鵝山頂〉是余老師在香港所寫散文登峰造極之作，在他全部散文中也屬於最出類拔萃那幾篇之一。此文固然不乏文字煉金術士的當行本領，全篇敘事的起伏照應，灰線草蛇，置諸古文名篇之林也不遜色，但更重要的是情感之飽滿淋漓。他在登山途中發現了國父孫中山母親楊太夫人的靈墓，拜謁之後，頓覺荒山野道有情起來。踏足峰頂時再有一發現：「像一場夢。在沒有料到的距離，從不能習慣的角度，猝然一回頭，怎麼就瞥見朝朝暮暮在其中俯仰笑哭的『家』，瞥見了自己身外的背影？」〈船灣堤上望中大〉的一幕再度上演，但這次不是預想，而是成真。文末以一個纏綿的長句把大陸、台灣、香港這三片土地一筆綰住，宣布此心永遠縈迴於此三處，並無輕重之別。

這天乾爽晴朗，雖然有點煙靄。我們一路上頂禮過楊太夫人墓，由觀景台俯瞰舊啟德機場和維多利亞港兩岸的密匝層樓，從另一方向遙望吐露港畔的中大山城，最後，站在此行最高點的氣象站鐵欄外，攤開手掌遮擋漸漸傾斜的日光，同時向我們的老師致敬，滿山潔白的蘆葦一齊晃動。

二〇一八年一月

註：本文的內容與筆者另外兩篇論文互為詳略：〈余光中香港時期的抒情散文〉，樊善標《爐外之丹》（香港：麥穗出版有限公司，二〇一一年），頁八五—九〇；〈三位散文家筆下香港的山——城市香港的另類想像〉，《中國現代文學》第十九期（二〇一一年六月），頁一三二—一三八。

百年閱世——敬悼劉以鬯先生 ✷

最初知道劉以鬯先生的名字是高中時。小時候家裏看《星島晚報》，我不大關心新聞大事，只追讀「星晚」副刊諸葛青雲的武俠小說。追了好幾年，某天發現多了一個「大會堂」副刊，版頭上寫着「劉以鬯主編」。那時編輯的名字通常不在版面上列出，劉以鬯大概是個重要人物吧，但還是沒有怎麼留意「大會堂」的內容，甚至「鬯」字怎樣唸也是後來才知道的。不過說也奇怪，我竟然保存了三張「大會堂」的剪報。

一張是一九八一年十二月十六日。右上角顯眼位置是鮑洪昇所寫〈即將在香港舉行的四十年代中國現代文學研討會〉。研討會在香港中文大學召開，周策縱教授遠道自美國而來擔任主席，柯靈、辛笛、唐弢等四十年代作家親身出席，是文化大革命之後，內地第一次以官方名義參與的兩岸三地文學交流。報道列出了多篇研討會論文的題目，其中有一篇〈懷正：四十年代上海的一家出版社〉，那時候我當然不知道「懷正文化社」是劉先生早年的文學事業。佔全版最大篇幅的，是許定銘〈《駱駝祥子》的版本及其悲劇終結〉，文中插入了《駱駝祥子》多個版本的書影和一頁手稿，靠下方則是陶然的散文詩和陳浩泉的新詩。這幾位當時已不是文壇新進，我卻一無所知。這一年我讀中五，唸理科，真正喜歡的是唐宋詩詞，時常閱讀報紙副刊的專欄雜文，為甚麼珍而重之地把這一版「大會堂」夾在剪貼冊裏，已經完全想不起來了。

第二張是一個月之後的一九八二年一月二十日。整版都是關於臺靜農小說的，除了中央一幅臺靜農書王安石三絕句墨跡，那或許是我剪存此頁的原因吧。現在重看，更感興趣的卻是王夢鷗〈讀《臺靜農短篇小說集》〉裏的幾句話：「這本集子一共收錄十五篇小說，前面有劉以鬯先生的介紹文，他把所看到臺先生的作品以及那些作品所特具的時代意義，交代得十分清楚。其中對那些作品所作扼要的批評，也都是句句着實。我懷疑劉先生也是舊時代的過來人，他不僅能深深地體味出那種鄉土的氣息，而且對於那許多小人物的活動也有親切的理解，使他的介紹，成為這集子裏不可忽略的一章。」《臺靜農短篇小說集》由台灣的遠景出版社出版，王文原載《台灣時報》。其時台灣學術界對劉先生似乎仍然陌生，不了解他四十年代在內地的文學活動，也不知道他是當行本色的小說家。另一篇有趣的文章是阿果的〈那些無助的女子〉。阿果是西西另一個筆名，此文撮述了臺靜農小說裏七個女子的故事，到全文最後一段才扼要地評論，與《像我這樣的一個讀者》的書介寫法相似。

剪報背面恰巧是「星晚」副刊。「大會堂」每週一次，「星晚」則是一週七日不間斷的。這天除了諸葛青雲、南宮搏、黃思騁、上官寶倫等的連載小說，石人等的雜文專欄，還有劉先生〈曼哈頓值多少錢？〉。欄名叫《迷異》（「迷異」費解，會不會是「述異」？），此篇所述之「異」，是一六二六年印第安人用整個曼哈頓島換了一些布和珠子，以後來的幣值計算，約為二十四美元。劉先生提醒讀者，二十四元存進銀行，以年息七厘計算，到了一九八二年，將增值為一千三百萬億，如用來做生意，年息十厘，更可達七百萬兆，曼哈頓島售價看似低廉，其實一點都不低廉。《酒徒》的作者自序說，「這些年來，為了生活，我一直在『娛樂別人』；如今也想『娛樂自己』了」。述異文章大抵屬於「娛樂別人」之類吧。

第三張是一九八四年八月二十二日。前一年我考上大學，轉讀文科，知道課文以外還有廣闊的天地，初次聽到一些香港作家的名字，暑假裏在圖書館借了西西、何福仁、鍾曉陽等的書來翻閱。也許因為這緣故，我保存了劉先生這篇〈三十年來香港與台灣在文學上的相互聯繫〉。可是非常粗心大意，只剪了上半篇，接着那週的「大會堂」我可能根本就錯過了。劉先生的長文引述了豐富的資料，不少更是親身所歷，自此以後，學者談論中國現代文學的發展，特別是現代主義的流變，都不能繞過香港，而劉先生說馬朗在香港創辦《文藝新潮》，曾經影響台灣的文風，也鼓勵了香港的文學後進不要妄自菲薄。這些我當然是過了很久才明白。

〈三十年來〉原是劉先生八月初在深圳「台港文學講習班」上的發言。一九七九年港督麥理浩官式訪問中國，公開提到香港前途問題，香港九七瞬即成為中外矚目的焦點，不同位置和立場的人各有關注。隨着中英兩國談判開展，香港終將脫離英國管治的結論日趨明朗，中國內地掀起一股香港熱潮，就連香港的文學竟也成為了試圖了解的對象。相對於歡天喜地或躊躇滿志的好奇者，香港居民普遍徬徨不安，劉先生有一篇直名為〈一九九七〉的短篇小說，即寫於此時。小說主角呂世強是個中年廠商，代表了面臨政局轉變而心生恐懼的香港中產階層。他想移民外國，但沒有足夠的財力，認為要是有錢，所有問題都能解決。其實世強不是沒有能力一家四口移居某些小國，只是他還有婚外情人秀金和私生子小強，無法安排。驟眼看來這是世強個人的困境，但小說交代他十多年前「游水來到香港」，也就是在文革期間冒險外逃。秀金也是當時的逃港者，世強認識她還在妻子之前。秀金不想增添世強的麻煩，甘願把二人的關係保密。從小說裏看不到世強後來為甚麼和另一人結婚，但顛簸時代的常理就是事情往往不依常理，主角曲折的命運在當日自能引起共鳴。而在世強心目中，「兩個女人的地位是一樣的」，這正是造成困局的癥結。小說用大致均一的敘述速度，保持距離地說一個結局悲慘的故事。作者自然不會同意世強所堅信的，金錢能解決所有問題，但在略帶諷刺的語調背後，劉先生還有更深刻的意旨。世強因為對兩個女人的愛，不得不陷進「九七問題」的深處，「腦子裏只有一種思想——關於香港前途問題的思想」，那不僅如妻子所說的，「你要是這樣憂愁下去，遲早會病倒，不必到一九九七年，你就急死了」，更因為極端憂愁而對兩個女人及三個子女態度大變，被當成了怪物。距離一九九七還有十多年，世強和家人之間的愛已經煙消雲散，即使他沒有因喝醉酒被汽車撞死，事情早就塵埃落定了。這是一個關於嚴酷現實怎樣消滅了愛的故事，從這一角度來看，作者心懷悲憫是無庸置疑的。〈一九九七〉改寫完成於一九八三年，這一年劉先生六十五歲，上距一九四八年移居香港已三十五年，減去在新加坡和吉隆坡的五年，住在香港仍足有三十年，恰好相等於他在中國內地生活的時間。我深信這些數字並非無足輕重。

劉先生生於一九一八年，大半個世紀之前在上海開展文學旅程，其後短期在南洋、長期在香港，從來沒有離開文學。劉先生的創作、評論、編輯、出版，滋養了一代又一代人，甚至在我們毫無所覺的時候，也是如此。然而這豐富的一生絕對不是完全優渥順遂，他在其中的掙扎、憤懣、反省、堅持，尤足敬重。正當文壇後學相約準備為劉先生慶祝今年年底的世紀壽辰，只差不到六個月，劉先生遽然逝世。但劉以鬯先生悠長的生命已經圓滿，可以無憾地休息了。

二〇一八年六月

註：〈一九九七〉在一九八三年三月由中篇〈前途〉改寫而成。〈前途〉從一九八二年十一月至一九八三年一月連載於《成報》，短篇本收入一九八四年台北遠景出版社出版的同名小說集中。見《一九九七》的後記，頁一九七。

第二輯

自說自話

跳舞・遊蕩 ✷

兩位高中生在訪談時問到，你懷念中學生活嗎？我衝口而出說：不懷念。然後才意識到他們的身份，但他們和坐在旁邊的老師已經露出愕然的神色了。這篇文章順便表示我的歉意。

或許我比較懷念小學，好像這時候我就想起一位姓區的小學同學。他的名字這麼多年來我從來沒有忘掉過，他高高瘦瘦的外形，和身材不相稱的童稚樣子，以至皺着眉頭的哭相，我都記得清清楚楚。區同學不是我的好朋友，當然也不是敵人，我就是記得這麼一幅圖畫：他站在這堵矮牆前面哭，牆外——也就是現在我的背後——是一個小碼頭，一條三合土堤壩伸到海中，末端一溜石級向下，堤壩的兩側有兩列鐵欄杆，就是這樣。

我們是一天或者兩天之前來到的，我們都是小五的學生，學校為高年級生辦了一次三天（也許是四天）的宿營，這天下午（又或許是明天）家長會來探訪，可是區同學已經太想家，便跑到營地的大門，我們登岸的地方，哇哇地哭起來。我也是第一次離開家裏，但看見有人哭就覺得不很掛念父母了。記得父母來探訪那天早上，老師吩咐我們收拾好房間，整理停當之後還有許多時間，買了一杯巧克力冰淇淋吃，這是幾天裏唯一花過的零用錢。區同學後來怎樣收聲，我一點印象都沒有，總之，記憶裏就留下了這個莫名其妙的（心）酸（冰淇淋）甜對比。

現在再來到這裏，我仔細端詳大門內側那座亭子，數數它的檐角，辨認它的顏色應該算是深粉紅還是赭色，猜測二十多年來它有沒有改建過，然後沿着營地外的小徑慢走，隔着鐵網向裏面張望。我的記憶力不是常常那麼好的，或者營地經過了大規模翻新也說不定，那些營舍和草地我沒有一處認得出來。說到草地，就想起中一當童軍時也到過這裏宿營的——唉，童軍不是應該露營的嗎？所以我說不懷念我的中學——有一天早餐後導師要在草地上教我們跳泰國竹杆舞，大概是男校吧，有人認為這未免有點娘娘腔，導師說不想跳就跑馬鞍山（？）一圈，於是有些人就跑山去了。我記得我是留下來而且學會了跳竹杆舞的，可以見得我從小就不是那種十分剛強的人。

小徑不是緊貼着營地外圍的，有時和營地隔着好些樹木和房子，反正沒有目的地，只要植物長得茂盛，走到哪裏都無所謂。過了那家租舢板的小店，小徑又靠向營地，首先是幾個並排的網球場，然後是籃球場，再下去是繩網和游泳池。看來這些都不是許多年前的設施，我一點印象都沒有。今天是星期五，不是假日，營地裏的都是職員，例如廊檐下敲敲打打那人和掃地的女工，噢，籃球場上總算有一個不是在工作的人。我慢慢走，穿過鐵網上的藤蔓打量他，是個少年，黑色背心，另一種黑色的短褲，正在練習跳起投球。根據我十投九不中的技術，他的毛病是未能在最高點時彈射，總要待身體開始下降才把球送出，命中率和速度自然大減了。他似乎知道我在背後品評，把球一丟，走到場邊的濾水器喝水。我一直認為籃球着地的聲音，啪、啪、啪、啪，最好聽還是中學那個不標準的場地，因為兩邊邊線外就是牆壁，回音特別顯著，有一個隔鄰中學出身的女作家，就寫過我們的籃球聲。

沿着小徑繼續走，走到一塊維他奶廣告牌的前面，營地就到了盡頭。小徑折向左邊，一轉彎就置身於小平房群落之中，有一隻不吠的狗和滿地簇新的私家車，還有一棵榕樹橫向伸出幾條極粗的枝幹，纏滿了藤蘿，有人在樹上釘了一塊牌子：大樹下下村。這個地方我一定沒有到過。離開大樹下下村，就到了西沙公路，路旁當然就是貴氣的雅典居了，我的遊蕩興致也到此為止了。不用說，剛才的營地是烏溪沙。四個月前搬到馬鞍山，這才第一次到附近走動。

今天是驚蟄，沒有雨，但天色有點陰暗，我的心情也有點陰暗，因為被迫跟着上司以他的節奏連續跳了很多天的舞，看樣子還要沒完沒了地跳下去。我唯有讓自己放一天假，胡亂走走，隨便想一些很久以前的東西，然後記錄下來，當作笑話向兩個和這些事情扯不上關係的少年陪不是，再把它交給一位朋友，算是履行了某個承諾。

我覺得走路令我快樂，如果我不得不依着別人的拍子起舞。

一九九八年三月

祝福 ✷

下午和同事去聽一個古代文獻的講座，講者是英國來的漢學教授。這位臉龐瘦削但眼鏡挺大的學者，說得一口近乎標準的普通話，偶然在白板上寫字，也頗端正，除了「文」字的一點最後才寫，有些倒行逆施外。有一個古人的名字他也寫錯了同音字。但這些算得甚麼呢？用別國的語言講述研究人家的古代文化，還遠遠超過了將就將就的程度。

講座最後是討論時間，有人提了一個不很高明的問題：教授您剛才說的兩部書既然是同一批人奉皇帝命令編的，為甚麼會有不同呢？只見教授不露一點鄙夷神色，緩急得宜地說：這個問題很好，要知道這批人雖然掛了編者的名字，但都是大官，事務那麼繁多，時間又迫切，怎能夠親自動手呢？大概對下面的人指示一下，就放手讓他們去辦了，所以書可能是兩隊人分別做出來的，但是我們今天沒有法子知道。我和同事對望一眼，強忍住笑。教授真是太謙厚，我看「大概」、「可能」、「沒有法子知道」這些存疑字眼，都可以刪去，我和同事不是正幹着那兩隊人的勾當？古代和現世何其相似。

教授在文獻上的確下了不少工夫，多笨的問題都給出饒有深意的答案，有時聽他的語調，真弄不清楚他是和自己的心靈對話，還是回答一個未必聰明的傢伙。慢慢我和同事就笑不出來了，有機會在衷心喜歡的事情上下工夫，多幸福啊。

我又想起上星期某天下班的時候，聽見走在前面兩位同事談話的一個小片段，——其實只是一句或者半句話——年長的那位說：「——又過了悠閒的一天。」當時陽光穿過樹梢斜斜撒在地上，夏天的黃昏來得特別晚，她悠閒的一天還未過完呢。我妒忌她嗎？有一點點吧。當然我記得曾經私下和朋友不無惡意地說過，要是我當了老闆，大刀闊斧地整頓部門，一定首先把這位同事「炒」了，她的為人儘管很不錯，但做了二十多年竟然甚麼事情都一問三不知。這叫揮淚斬馬謖，我開玩笑說。不過她的悠閒日子恐怕也不是常有的，聽說和她同一職級的幾個同事，不論長幼都給她們的小老闆罵哭過。

還是祝福她繼續遇上好日子吧。那位同事和我相比，誰的處境好些很難判斷，但胸懷總比我豁達多了，單憑這一點，不就值得佩服了嗎？

一九九八年九月

恬然錄 ✷

偶爾，他們竟夜歡宴豪飲，或者吸食大麻以期產生幻覺，但更多的時候，他們繞城漫步，吟誦詩句並討論哲學，直到黎明時份。

——出處從略

凌晨一點五十五分，關掉收音機，試試回想昨天做過甚麼事情：起床。回到學校。打開電腦。看電郵，回覆了兩個學生的課外問題，刪除所有無用信息。打電話給電腦中心，詢問為甚麼家裏的電腦無法接上他們提供的討論區，回應說很可能是電腦的內置時鐘不準確，有幾個同事也遇上了同樣的問題，如果時鐘沒有錯，請盡快通知他們云云。到樓下的影印室複印學生習作，將來校外委員或許會審查，我常常幾乎忘記了這件事情。順道寄出幾張回條。有學生來，問我過一會有沒有空。接到幾通電話，或邀請或委派我到不同的地方開會。翻開日誌在筆跡間再填上筆跡。把 Robert Frost 的 The Road Not Taken 中譯輸入電腦，然後在網上找到原文，將兩者貼到某個檔案裏再放回網上，以備學生下載。趕快到飯堂吃東西。陽光穿過半透明的天幕，圓桌子上有一個小小的扇形陰影，把食物放在上面。這裏剛好看得見外面游泳池的一角，一群學生在練習起跳技術。近幾個星期沒有動過游泳的念頭，現在天氣已頗清涼，但有機會學跳水的話，還是很願意的。飯後到圖書館找鬣狗的拉丁學名，有一篇文章投稿到我受命編輯的期刊，討論鬣狗的詞條釋義問題，需要核對一下資料，例如鬣狗的頸項是否長有長毛。有一本生物學辭典說有，另一本的附圖卻看不出來，我認為文字較可信。回到辦公室，找出徵文比賽的作品來看。學生準時在一點四十五分敲門進來，想我看看他的畢業論文大綱。他的論文由另一位老師指導，但我曾經當過他的輔導老師，大概因為這緣故來找我吧。他把困難說得很清楚，我和他的論文導師想法差不多……

昨天我們到停車場取車的時候，已經接近深夜了，只有少數車子還未開走。日光燈顏色偏藍，照在粗糙的地面，走起來像踩在一灘藥水上。我掏出車匙，按下防盜按鈕，前面不遠處那輛毫不相似的車子竟然發出一聲微弱的回應。我們看着那幾乎褪盡的淡金色，都不肯相信就是它，但它的確回應了。走到車子前面，才發現車頭蓋給掀掉了，裏面的引擎等等也都掏空了。難怪回應如此疲憊，我們幾乎同時想到。可更震驚的是，那場面多麼缺乏想像力，多麼容易被僅僅瞄過一兩頁佛洛伊德《夢的解析》的人拿來誇誇其談。

……下課後回到辦公室，電話留言說有一個會議必須明天召開，沒有選擇餘地。看另一個徵文比賽的作品，選出入圍名單，電郵給同事，順便把幾份文件和計劃書傳到我的另一個電郵戶口，以便晚上在家裏下載修改。收拾需要批改的習作和備課用書。回家。——這樣逐一想來，我很難不承認生活其實是很容易的，甚至有一種緊湊的美感，偶然失控只能說是源於個人性格上的不完美。

那人竟然有七八分像我，而且隨着向我迎上來愈發相似，連雀斑的位置也一模一樣。我感到非常不舒服，但怎麼辦呢？地鐵列車遲遲未駛來。他走到我面前，神秘地一笑，說：你千萬不要在十三日星期五晚上和Betty Gong騎電單車。你記得一九六三年十月十三日你們在新娘潭遇上的意外嗎？天，我本來打算後天，也就是十三日晚上，和女朋友外出的。而且你知道我為甚麼大吃一驚嗎？我的女朋友就叫Betty Gong，龔不是常見的姓，那人竟然一說就中。她星期五生日，我本來準備和她騎電單車出外慶祝的。還有，我是一九六三年十一月二十日出生的，那人說的那個日期我還未出生。那人轉眼就不見了。你問我上星期五有沒有慶祝？有，不過當然不敢騎電單車了。我打電話到好幾家報館，終於有一家願意讓我翻查當年的新聞。我在當天的本地新聞版找到了，一對男女在新娘潭騎電單車遇上交通意外，男死者三十七歲，女死者三十三歲，我和Betty正是這個歲數。還有男死者的照片。不，和我不像。我也不知道為甚麼那人的長相和我一樣，但如果他不是我的前生，為甚麼要向我示警呢？我說不出理由。——連這種缺乏最基本邏輯的東西也端出來。也難怪，這種見鬼實錄每晚播出，怎能不每下愈況。但不聽它又聽甚麼呢？反正只想有點並非音樂的聲音伴着入睡罷了。

飲江送給我一本費爾南多．佩索阿的《惶然錄》，他說這本書好看。我看了開頭的幾篇，也覺得很適合臨睡時讀一點。至於S大鬍子，該怎麼說他好呢？他的缺點是太聰明，話說得太到關節眼上，怎樣複雜的心情他都能夠輕輕巧巧地說出來，例如那首格律詩，用我們現在的話翻譯出來，第一句就是：「像我這樣的人，自己看着也覺得可厭」。這詩句我在心裏用過很多種不同的韻律和語氣來吟誦，不僅這樣，即使甚麼腦筋都沒有動時，它仍舊常常跑出來。不過我只喜歡在原詩裏並非重點的這一句，因為從第二句開始，它就說到S大鬍子各種可愛的地方了。昨天我喜歡了他的另外兩個句子：「飢寒未至且安居，憂患已空餘夢怕。」雖說安居，卻不過是暫時不飢不寒而已，它們終究還是要來的；憂患總算捱過了，可是記憶仍在夢裏間歇地浮現。如果是這樣也還罷了，只怕憂患並未真的終結。憂患就是飢寒？似乎不是，前者更可怕。昨天忽然喜歡這兩句，是因為前天以為四年前的舊患要復發了。在去看醫生的路上，我已想清楚進醫院之前有甚麼公務和私事需要處理好，也有充份的心理準備迎接許多經歷過一次的麻煩事情。但客觀環境畢竟和四年前不同了，例如父親一向壯健，卻在兩個星期前剛動過心臟手術。當然，事後證明舊患並未復發，其實一看X射線底片我就知道了。我問醫生，上次做手術的醫生說，復發的可能性已經杜絕了，是真的嗎？醫生微笑着說，這不可能，大概有百分之十至二十的復發率吧。失望是難免的，但現在還未復發哩。S大鬍子是蘇東坡。《惶然錄》裏有一個V先生，是「我」的上司，「呵，我現在明白了！V先生就是生活。生活，單調而必須的生活，……這個平庸的人代表着生活的平庸。」蘇東坡當然非V先生可比，但在某一個意義上，誰不是瑣碎平庸的呢？

見鬼實錄結束前，節目主持人竟然抑揚頓挫地唸出了這樣的話——我知道是張愛玲說的——：

「我們只看見自己的臉，蒼白、渺小：
我們的自私與空虛、
我們恬不知恥的愚蠢
——誰都像我們一樣，
然而我們每人都是孤獨的。」

如果他們真的這樣引述，那該多美好呢。

二〇〇〇年十月

Vehicle of Metaphor ✷

上次從梅窩坐快速小輪回中環時，看見前面座位的椅背上有人寫了兩行字：好唔開心／好想哭。是誰在甚麼情況下寫的，真相當然永遠不可能知道了。乘客疏落的長途交通工具，往往是情感湧動的空間。

今天搭 9000 號隧道巴士到鄉講島，乘客只有寥寥幾人。為了避開日照，我坐在右邊。在和我並排的左邊座位上，坐了一個二十歲上下的男孩——這個年齡有些人已經可以叫做男人了，但他的樣子好像有點稚氣，——曲起雙腿抵在前面椅子背後，抱着擱在胸前的背包。他的臂膀略顯粗壯，皮膚黑黑的，頭髮剪短，整個行程都在睡覺。

和他成一對照的是比他後兩排的女子。我曾裝作不經意地回頭一瞥，她戴了一個墨鏡，穿白色短袖襯衫，長髮。但最重要是她一直用不大不小的聲音和電話另一端的人談話，內容相信附近的人都聽得清清楚楚。她似乎剛被上司責罵過或解僱了，因為她某天沒有上班。她辯解說是鞋子弄得她的腳很痛，要是等到一點半（深夜？）下班才買，公司都關門了，所以不能不先去買鞋子，但這樣就趕不及上班了。她的公司裏有一個合不來的新同事阿 Ling，這人或許是她本來認識的，所以她說如果早知道阿 Ling 會來工作，她是不會做（下去？）的。然後她又向對方解釋某個晚上沒有接聽電話的原因。她早就知道對方（還有其他人）會和一個生日的朋友到的士高慶祝，她十點半才下班，但七點鐘就已經很累了，她不想去，所以不接電話。我猜不到對方的反應，究竟滿意還是不滿意。但她又去了另一個約會（在同一個晚上？）。她解釋說，唱卡拉 OK 和到的士高不同，「你知道，的士高的座位有多不舒服。我是打算只唱一會就和阿（？）離開的。」而且她對那生日的人也有點不滿，那人上次沒有赴她的生日宴會。她的語氣非常認真，我明白事情在她來說是非常嚴肅的，所以要抓緊時機，在乘車時解決它。我自然有自己的判斷和解決辦法，甚至認為同樣的事情根本不會發生在我身上，這就叫做人與人的，唔，差距吧。

最後在南角和鐵籂灣之間她掛了線，再過一會就下車了。她經過我身邊的時候，我留意到那雙很細的手臂。我也在同一個車站下車，但一踏足地面就失去她的蹤影了。而那強壯的男孩一直沒有醒來的跡象。不過我不敢排除他在半夢半醒裏正忙着解決某些重要問題的可能。

二〇〇一年八月

上課氣氛——自說自話的教授 ✷

如果不必顧及實際，我看最吸引人的上課氣氛，就是倚坐在橄欖樹下，陪着蘇格拉底，享受他用「產婆術」把我們不自覺擁有的知識接生出來。退而求其次，跟着孔夫子東奔西跑，師生談談平生抱負，也不失為好玩的遊學旅行。但這些只是空話，因為蘇、孔兩位老師都沒有詳細的教學大綱和課程進度，修業年期不限，也沒有人來查問他們怎樣「裝備」學生以適應社會需要。這和現在太不相同了。

不過，無妨試試在老故事中找出一些可以古為今用的教訓。蘇、孔兩位老師的遺風所以為後世景仰，撇開學問、人格等驟難企及的質素，我想這兩點大概是最重要的：身教、親切輕鬆。兩位老師沒有課室，除了睡覺，幾乎是全時間上課，口說的是教，更有效力的是生活習慣和態度，這是不一定要說出來的。沒有考試壓力，老師又和藹可親，當然輕鬆了。這樣一想，我們嚮往的其實是他們師生的相處，而不僅是上課的氣氛。要是他們每星期只和學生見面兩三小時，學期末又有考試，必定完全不是那回事了。所以把上課氣氛孤立起來討論，恐怕是沒有結果的；要說就得說師生相處的問題。

我無意開出若干項教師或學生的「必做或必不做（dos and don'ts）」，因為力有不逮，也因為不相信有這些東西。教師和學生相遇之處是校園，或者更廣義地說，是教育制度，要談論兩者相處之道，必須認清楚校園是怎樣的校園，教育制度是怎樣的教育制度。

從前對大學的定位，有所謂象牙塔與服務站之爭。簡單地說，象牙塔是指大學和社會保持一段省思的距離，服務站可以顧名思義，就不用解釋了。在今天，特別是極端計較短期效益的香港社會，傾心象牙塔者早就全面潰退，值得一提倒是服務站提供的也不是從前的服務了。流行的「學會學習」、「終身學習」口號，在原理上是正確無誤的，但落到現實層面，究竟是甚麼意思呢？兩文三語、溝通技巧、EQ、宏觀視野、創意，是我們聽得最多的「大學生必殺技」。主修學科的專門知識？當然是不言而喻。但不言真的是不言而喻，還是認為並非最重要呢？前面列出的幾項似乎可以杜撰一個術語——後設知識——來概括。社會大眾愈來愈認同這種論調：由於知識日新月異，工作所需不能只靠本科或研究院幾年所學，所以大學——中學又何嘗不是——教育的重點應該是「學會學習」，以便「終身學習」。後設知識就是一般相信有助於學習專門知識，並轉化為工作技能的「幕後」質素，今天服務站主力（或宣稱）提供的就是這些。我認為這在原理上也未必不妥，問題是矯枉難免流於過當，賣花讚花香說現在提倡的是活知識，變相就是說從前教的都是死知識。「後設知識」並不是一個自足的範疇，它需要通過不斷闡釋、重組或解拆已成體系的知識，來證明它存在的價值。今天我們為了各種所謂迫切的理由，把它相反相成的對立面驅逐到荒涼之地，看似獨尊一元，其實賸下來的一面已經虛化得徒具形式了。而這些事情的底蘊，如果直接地說，我認為就是，衡量一所大學辦得怎樣的尺子，無論如何不再握在學術中人手裏了。

既然我們處身的是全面為社會服務的教育制度，批評大學生沒有求知欲望、學習態度差劣的人要小心了。請先澄清這「知」是學科的專門知識，還是後設知識。如果說後設知識的精神是靈活變通，現在的學生一點都不遜色：參加系屬會活動換取住宿優先權或其他好處、選科專挑容易過關分數寬鬆的、對閱讀材料的份量討價還價、「捉」考試題目，甚至抄襲功課。要責怪學生上課前毫不準備、上課只求教師說得清楚他們聽得舒服、提問時垂頭噤口假裝看不見、兼職第一活動第二曠課成風……不妨先把陳年的價值觀念放下，平心靜氣問問他們究竟是怎樣權衡得失的。

* * * *

不過上面指摘的罪狀真的很普遍嗎？無論過去或現在，都不乏無聊胡混之徒，也儘有刻苦向學之輩。我也上過令人感動的導修課，十五位同學，幾乎全體都發過言，而且是早有準備，並非臨場現編的，沒有說話的也點頭示意。打開課程討論區網頁，上星期主持導修的同學繼續提供資料，補充課堂上沒有時間說的內容。上學期書院通識課的問卷調查結果寄到了，原來有百分之六十五的學生讀完了八成或以上的閱讀材料，難怪上課發問時有人回答。我客串過另一個通識科目，在邵逸夫堂演講了一次，後來工作人員告訴我，有些人睡覺，但和鄰座談天的不多，算是反應不錯了，我也同意。

我在中大讀書是八十年代，雖然大學生已不稀罕，但畢業後找份安穩工作沒有甚麼困難。當時有人把 university 音譯作「由你玩四年」，不過「玩」也有很多種的，吃吃喝喝、嘻嘻哈哈的也有，埋頭書本、不問世事的也有，前者固然是玩，現在看來，後者也太奢侈了。後面這種人，今天也未絕種，但要付出更高代價，得到的認同卻有限。一般學生只好在現實生活所資、將來社會所需、個人學術興趣，以及人類好逸本性等力量的牽扯中，蹣跚找路前進。

畢竟是社會上有希望的一群，在掙扎中尚有餘力，如果教師表達得有趣些、清晰些，他們還是會有反應，甚至用功得令人痛惜的。正因為制度的裂痕給這樣勉力塗飾了，很多人就認為學風問題的癥結在學生和教師身上，這其實是蓄意或無意地把學校抽離於它所在的地方。我不是說社會改善了，課室裏就會長出橄欖樹，但最低限度，到時罵起睡懶覺的學生，可以理直氣壯地說「朽木不可雕也」。

✷ ✷ ✷ ✷

都說理想的上課氣氛是師生有交流，學生在愉快的心情下學習。但我忘不了劉殿爵教授教的「中國語言學史」。他提着一個塑膠袋緩緩走下中國文化研究所 G22 室的梯級，放在講台上，從裏面拿出一本筆記簿，背過身把《爾雅》和《詩經》重見的詞語抄在白板上，我們照着抄，他抄完一塊白板，轉過身來講解幾句，我們還在抄，又要記下他的話。整個學期差不多就是這樣似明不明的，說沉悶也真是沉悶極了。直到最後一課，他總結抄寫所得的結論時，我突然像給鎚子當頭猛敲了一記，前面許多個星期輯錄編排的資料，全部指向這個從來沒有人說過的結論，就像偵探小說的收場，所有線索匯聚到一點，然後兇手現形伏法。沒有前面的鋪敘，我根本不會明白結論的意義，原來最後的興奮要以累積的沉悶和忍耐為代價。

還有陳勝長老師的「文字學」。他抓起一篇論文讀了幾行，又換一篇論文讀幾行，都是挑中間的部份讀，他的評論夾雜其中。我們怎樣也追不上。下課後覆看筆記，翻查論文，仍是不能透徹了解。後來我們幾個同學分工合作，每人負責一個課題，根據筆記和課上提過沒提過的參考資料，整理出一篇篇札記，交換看了，才敢到辦公室向老師請教。必須承認，在仍要考學位試的年代，我們花這些工夫自有其功利的考慮，但在準備期間，我們赫然發現整合資料的能力提升了。有人說抄一本書是抄襲，抄十本書就是參考，有了切身體驗，我們知道兩者的分別不是這樣微小的。

十多年後，我自己上的課，論到互動和歡樂，我膽敢說當仁不讓於師。但我得常常警惕自己，學生的熱心發言在多大程度上是問題愈來愈淺易的效果？我同場加映的「棟篤笑」能夠引發學生在課後一訪圖書館的興趣，才算沒有墮入惡道。蘇文擢老師教古文的「文章選讀及習作」時，也騰出時間讓我們發問，但他會先評論說「這是好問題」，或者「你沒有留心，我已經說過了」。也許我把學生「妖魔化」得太厲害，後面這種回應我只會在心裏說，以免傷害他們弱小的心靈。蘇老師一個笑話不說，一句閒話不提，仍能把整整兩個小時縮為一瞬間的講課本領，我當然學不來。但他當年說過的《莊子》寓言，我仍記得：郢人在鼻尖塗一點泥巴，薄如蒼蠅的翅膀，匠石輪起斧頭，颼的一聲劈去，泥巴給削掉，郢人絲毫無損，面不改容，後來郢人過世，匠石就把斧頭丟了。要續上一條尾巴的話，我會說：由於缺乏練習，匠石的本領不久就荒疏了。

互動要看在哪一個層次上互動，歡樂也要看為甚麼而歡樂，我當然希望有足夠的學養和信心，用或沉悶或直接的方式滿足我的郢人學生，以他們為我求知過程裏平等相待的伙伴。懷海德（Alfred North Whitehead）說過，「大學的存在就是為結合老成少壯以從事創造性之學習，而謀求知識與生命熱情的融合」，這句話我是很多年前在金耀基校長——當時是新亞書院院長——《大學的理念》一書裏讀到的。儘管時移世易，在感情上還是脫不掉成長階段接受的一套教養，可謂慚愧。

二〇〇三年二月

註：本文應《中大四十年》（香港：中大學生報出版委員會，二〇〇四年）而寫。出題及約稿的同學說，某次我剛上完一節和幾位老師合教的通識課，她問我學生的反應怎樣，我答鴉雀無聲，一片死寂，那時恰好一輛響號的警車經過，我說了一句話。她問，你記得當時說了甚麼嗎？我說已經忘記了。「你說：這是來拘捕那些學生的。」——這，當然是她來約稿的原因了。

變壞 ✷

搭升降機被困，認真算來共遇上過兩次。最近一次最少是五六年前的事了，那時搬到現在的住處不久。但翻查記事簿竟然找不到任何紀錄，實在奇怪。那天正要出門，赴哪些人的約現在還記得很清楚。升降機快到達地面時猛然一抖就靜止了，跟我意識到是甚麼一回事同步，一股熱流從脊椎湧向手腳，接着就是窒息的感覺，然後燈光也突然暗了。我知道是幻覺，但幻覺有時也很真實的。按下求救鈴，管理員馬上應答，從帶鄉音的腔調，我認得他是誰，不過沒有用，他只能打電話給修理員，而這大廈是不可能有修理員駐守的。所以我只能像電視劇常見情節那樣，企圖強行打開升降機門，甚至不太大力地踢它——為免故障更嚴重。我記得背包裏有一本小說，或許可以用來打發等待的時間，但必定要到奄奄一息的時候才能克服焦躁拿出來讀。其實不過十來分鐘，修理員就把一切恢復正常了。因為不好意思，我把自己的失態當作笑話告訴朋友，最後還輕描淡寫地補上一句，我恐怕是患了幽閉恐懼症。

上個月在西貢停車場幾乎又被困。升降機門關上，我按了三樓。過一會T說升降機沒有動，我說可能是顯示燈壞了吧，她說根本沒有動，我馬上感到那股熱流要湧出了。幸而這次大門一擘即開，我們在進去那一層全身而退。想起來，剛過去的復活節在羅湖等候過關，通道裏站滿了人，突然擔心，要逃跑的話也無路可逃了。還有一次坐在空調巴士的上層，看着打不開的玻璃窗，小心翼翼地設想，假如樓梯被封了怎辦呢。更不用說最近因為眼睛無故地痛，而有步波爾赫士後塵的懷疑。這些幻想，算是同一類吧——屬於正常的時候用一句杞人憂天就能打發的一類。是的，正常的時候。

十多年前曾形容一位老師是壯旺的靈魂困在朽敗的肉身裏，滿有同情的語調，其實我只是旁觀有此一事。這些年來斷斷續續也有和他見面，上星期在兩個大雨天之間去了一次。女傭打開大門，他正在看電視，脊背和沙發之間塞了許多軟墊，是用來支撐身體的。他轉過頭來，臉上突然現出豐富的表情，恰好反襯出一剎那之前的茫然。這時正在播映網球比賽，是費達拿對拿度的泥地賽事。他說 Federer 輸了。我問這是重播嗎，他說昨天晚上一點鐘比賽。拿度的確是目前唯一能夠戰勝費達拿的球員，但也只限於泥地。現在拿度領先盤數二比一，第四盤已破了費達拿一次發球局。我問，他們在哪裏比賽，他說 Monte Carlo。幾年前家裏取消有線電視，對網球消息很隔膜了，那些錦標賽的舉行時間都沒有印象。這天他們的體力和技術都極棒，沒有發球雙錯誤，也沒有離譜的失手。我坐下來後，費達拿破了拿度一個發球局，扳回一城。但到決勝局的時候，雖然一開始就領先三分，最後仍是輸了。他們是真正的好手，勝負只不過由於某些關鍵的時候其中一人偶然發揮得更出色。我們在播廣告時零零碎碎地談了幾句話，最長的一段是問他領着那些研究生讀《淮南子．原道篇》，究竟讀完了沒有，他說要讀很多次才能發現問題，譬如現在的人都說北宋本最好，但替王引之抄寫的人……，他緩慢而斷續地說到廣告播完還很有興致，可是我一直不大明白。另外，他還說了幾句其他的話，就更無從猜測了。比賽打完，我告辭了，臨離開時告訴他，下學期已經停課，又可以多來了。

在他未退休的時候，我經歷了第一次電梯被困，但過程乏善足陳。我和當時還是少年的表弟一起，升降機停了，我自己按求救鈴，指令他呼救。大概也不用多久，修理員到來，門又打開了。升降機停在兩層之間，我們先後輕巧地一按地面跳上去。現在表弟的第二個兒子已經快一歲了。在更小的時候，我從一個年長幾歲的姐姐那裏，學會了攀附在老舊升降機的內壁，令它因為重量改變而停下。很奇怪那時候常常玩這遊戲。

二〇〇六年六月

碎瓷 ✷

清明節照例要吵吵嚷嚷地到道觀拜外祖父母，這次父親感冒留在家裏，和母親吵嚷的人換成了大姨母。也不是甚麼大事，大姨母帶了一疊銀行的信來，想我看看是甚麼意思，卻原來母親已經在電話裏為她解釋過了：每個月寄來兩封信，一封是月結單，另一封是定期存款到期通知。大姨母說不明白為甚麼每個月有兩張月結單。母親說，解了一遍又一遍，你總是不留心聽。大姨母說，從前在英國沒有這麼複雜，月結單清楚得多，字體又大，又不會每個月寄來兩次。母親截着她，別說從前了，從前你二十歲，你現在八十歲，講了多少次，一封是月結單，一封是到期通知。大姨母說，我就是弄不清楚，所以通通當是月結單。母親頓時光火，你喜歡當甚麼就當甚麼了嗎？你當自己是男人也可以嗎？——我不禁想到自己說話總是用了太多比喻，顯然來自母親的薰陶。可是母親不懂英語，她不明白大姨母是用過去式，她要表達收到兩封銀行來信的疑惑，而並不是她現在仍當那是月結單。猜想是這樣吧。

在我專心駕駛，與眾多貨櫃車保持距離時，大姨母連續投訴她的印尼女傭：每頓飯只吃一點點，但不停吃零嘴，用水可慷慨了，煮飯燒菜教來教去都不懂，最勤勞是抹地板，一天抹幾次，天氣再冷也不肯多穿件外套，我以前在英國時，「事頭」的錢看得比自己的錢重要，一點水電都不浪費，總是往外面跑，到樓下超級市場買半斤菜，兩個鐘頭也不回來，一回來就打電話，炒菜也不放下手機。母親的耐性終於到達極限：別再說了，都明白了，已經說過很多很多次了。

靜下來不到一兩秒，母親轉回平靜的語氣談論某個我不認識的親戚，說她原該及早生孩子，不生就收養一個，這個話題他們倒是意見一致。我想起有一次陪大姨母到中醫師處針灸，路上她說起很多年前想收養朋友的小女兒，但朋友只願意她收養二女兒，談不攏——活得夠長了，停了好一會她才吐出這一句。幸好這原來是話題的引子，她們準備下個月回東莞飲某親戚添孫的喜酒，安排誰替大姨母的印傭辦簽證、到時坐甚麼交通工具、怎樣集合等等，才是正經。

大姨母和母親的話題繁多而飄忽，有時語調激昂，有時迫不及待，好像失散多年，其實她們幾乎每天都通電話。母親在她的姐妹群中，是唯一跟得上香港經濟轉型的一個，卻以為誰都明白銀行那些花樣百出的東西。母親年輕時在製衣廠當車衣女工，婚後當全職主婦，直到我讀高小時，才又找到一份外發的車衣工作，那是跟父親吵了許多次，才爭取成功的。還記得那時跟着她到旺角現在是維港酒店的商住兩用大廈，從山寨式製衣工場像聖誕老人似的，背着一大袋裁好的布料回家，縫好之後又背回去。我有時替她剪線，賺一點零用，但多半推搪着不肯做。也記得她買了一台二手的馬達縫衣機，重甸甸的由兩個送貨工人抬上我們唐五樓的家，那是母親第一項投資。以後的社會變遷本地人耳熟能詳，無非是工廠北移，銀行、證券公司遍地開花，母親也退出了製衣業，從一位鄰居「師奶」處逐漸學會買賣金幣、外幣、股票，以至期權，她驚人的數字記憶力到了接近中年終於派上用場。

大姨母比母親年長十幾歲，是姐妹中第一個來香港的。大姨母婚後不久，丈夫因病去世，她由鄉親介紹到香港當女傭。儘管大姨母到今天還是一口東莞鄉音，但英文聽說都沒問題，顯然得力於在英國生活四十年的鍛煉。她說母親結婚後，她再無後顧之憂，決定到英國打工，想不到愈住愈適應。前幾年妹妹和子姪輩勸了她回來，就近照應，可是她總念念不忘英國的好。兩個星期前，三姨母的印尼女傭通風報信，說大姨母的女傭是同性戀。我有些驚訝，她不是已經結婚了嗎？同樣令我驚訝的是，大姨母數落的各種缺點，完全沒有包括她的性傾向。

除了大姨母，母親還有三個姐姐。她們的樣子都很相似，道觀的女工有時會說，你的四姐前幾天來拜過了。小時候總是大群人熙熙攘攘地去，直至升上中學我才不隨行。以前是三姨丈開他的萬事得旅行車，大人坐前後排，小孩蹲在揭背式行李箱裏。如果把歷年上車下車的人列成一張表格，就是香港社會變遷的縮影了：本地的孩子長大了到外國留學，大陸的親戚偷渡或申請來港，然後移居外國，大型家族活動漸漸消失。這幾年三姨丈和四姨丈相繼過身，在港的表哥、表弟各自陪他們的母親來拜山，四姐妹不常湊到一起。但偶然聚頭，急雨打窗式的談話方式——也許說同時獨白更恰當，總令我感到遠年黑綢似的觸手溫軟。可是待要把那些話珍而重之地記錄下來，像上文那樣，又瑣屑得如一地碎瓷，絲毫看不出是那個曾經插滿劍蘭、黃菊的老花瓶。不少我的同代人都該有類似的感覺，我是指關於我們的來源那些愈來愈拼不攏的記憶，不過母親、姨母他們恐怕完全沒有這樣想過吧。

二〇〇九年五月

Obertraun ✷

那年初夏與田泥在繁忙的維也納住了兩天，然後先坐新式、再轉舊式火車，最後來到 Obertraun。Obertraun 的前一個站叫 Hallstat，車程相距僅三分鐘。旅遊書說，年輕人多選擇住在 Hallstat，氣氛熱鬧些，我們準備明天遊覽的鹽礦也在那邊，可是我們還是預訂了 Obertraun 的旅館。

舊式火車駛進山區就下起雨來，但天上仍有陽光朗照的一小片。鐵軌彎過來又繞過去，火車偶爾逃出雨雲的籠罩，讓我們仍抱一線希望。下車時 Obertraun 空氣濕潤，但沒有雨。穿過看不見鐵路人員的車站，往旅館途中只有兩個談天的當地女人。沒有商店，也許在另外的地方吧。旅館在湖邊，三層高的乳白色房子，在網上看過照片，很容易找。吃過晚飯，九點半了，山頂上仍有薄薄的日光。我們沿湖散步，直到天色全黑，遇見的人還不到兩三個。湖水連微波也沒有，只在水鳥起飛和降落時拍達拍達地響一會。對岸偶然有汽車的頭燈和尾燈隱現於草樹叢中。

第二天按計劃到 Hallstat 去。本想乘火車，看班次表要等四十分鐘，忽然有一輛寫着 Hallstat 的巴士駛來，問了司機確是到 Hallstat，就付費上了車。奇怪的是，開行方向不對，忘了多久——總之不止幾分鐘，——巴士停下來，車站旁有一座金字屋頂的大樓，正面掛一塊 Dachsteinbahn 的牌子。昨晚看過旅遊書，知道這裏是 Dachstein 的登山纜車站。但為甚麼巴士要繞到相反方向的 Dachstein 呢？山上有一個冰洞，也是我們想去的地方。先遊冰洞也是一樣的，我們當機立斷下了車。從冰洞出來再坐同一路線的巴士，到達 Hallstat 已是下午。

和 Obertraun 相比，這裏的確熱鬧得多，有些賣飾物、擺設的小店，也有些小餐廳，但遠不至遊人擁擠的程度。這一帶山區出產巖鹽，Hallstat 最有吸引力的是一個供人參觀的鹽礦，我們當然不會錯過。遊罷鹽礦，在小街閒逛一會，發現行人疏落了很多。六點鐘一到，店鋪紛紛關門，回 Obertraun 的最後一班火車在二十分鐘後到站，我們該離去了。這小鎮沒有幾條街巷，剛才走來走去不曾見到火車站，已有點奇怪，但我們不以為意，心想幾分鐘的車程，走路大不了半小時吧。終於有個懂一點英文的女遊客告訴我們，Hallstat 火車站要坐船去。我們都傻了眼。匆忙趕到碼頭，只有上鎖的閘門。

Hallstat 像倦極的人，睡意昏沉再叫不醒了。看似巴士站的地方沒有巴士，讀不出站牌上的異國文字，也不見計程車。略感安心的是附近有一群扶着腳踏車的青年，但他們馬上就起程了。我們突然明白今天坐巴士來時錯亂的方向是甚麼一回事。Hallstat 一個地名分指湖的兩邊，小鎮在這邊，火車站在對岸，靠渡輪來往。和 Obertraun 相距三分鐘車程的是 Hallstat 站，不是這裏。現在唯一的辦法是走路回去，但我們沒有地區全圖，不清楚 Hallstat 鎮和 Obertraun 距離多遠。

我本來想寫的是，那段後來走了一個多小時的路程，我們怎樣由緊張兮兮，擔心方向錯了愈走愈遠，害怕遇上歹人，恐懼穿過幽黯的隧道時被急馳的車撞倒，諸如此類，到後來因為發現「距離 Obertraun 四公里」的路標而舒一口氣，悠然玩賞寧靜的鄉郊暮色。田泥卻說，她整天裏根本沒有緊張過，上面許多「我們」應該改成「我」。那麼，後來的事情，待有空再寫算了。

二〇一一年一月

還顧望舊鄉 ✶

回歸那年搬離九龍鬧市的旺角，第一次住進窗外有風景的房子。那時多珍惜星期日早晨賴在床上的片刻。牆壁上油漆的氣味濃濃，躺着看近處的吐露港和對岸的八仙嶺，那是好些師友筆墨描摹過的地方。靜美的山水其實解不了遲睡的疲倦，但也捨不得合上眼簾。深夜時外面卻是陌生的黑暗。旺角的兩個舊居，一個對面是幢幢相連的大廈，無論幾點鐘，總有些窗戶熒光管還在點亮；後來搬到附近另一處，樓下則是汽車不息的要道。城市從來不會沉睡，必定有不同的人群輪流活動。搬到新界的頭幾年，晚上坐巴士回家，馳過高速公路，黑魆的山影或樹叢常令我有凄然之感。是因為忙碌到晚上還未能休息，還是暗影提示了某種排遣不了的寂寞，或者僅僅是不習慣光線的變化？

但有時雨後初晴，馬鞍山主峰和旁邊的山巒上，雲氣被風挑出絲絲縷縷，古詩詞所說的翠色欲流，大概就是這樣了吧？駛過城門河口的大橋，吐露港水波粼粼也令人驚艷，颱風過境後尤其如此。這終於是我尋常可見的風景了。

新居建在填海而得的土地上。也許得益於一年後的金融風暴吧，我們樓下頗饒野趣的淺灘，儘管保留不了多少日子，卻大體上沒有發展為更新的一組組屏風樓房，而兌現了當初地產代理人所許諾的一個大公園。因此，培養出晚飯後散步的習慣，有時到公園裏繞一圈，太冷太熱的天氣則以樓下的購物商場代替。說到購物商場，那場金融風暴也徹底扭轉了它的命運。一家大型日資百貨公司破產結業，空出來的地方有許多年只充當廉價品的散貨場，五年後市道再次興旺，它已失掉先機，給鄰近屋苑的競爭對手遠遠拋離。對我來說，在物業價值大跌之外，也不全是壞事，兩個商場只是幾分鐘的路程，還有空調步道連接，熱鬧和寧靜找到最佳的平衡點。

回歸已經十四年了。兩星期前到旺角想找一件小電器，從火車站——已經易名港鐵旺角東站了——向下走到舊居附近，突然感到城市的節奏躍動起來。

那麼多人，那麼多零零碎碎的東西陳列在小販攤檔和店鋪門前，形象地宣布世界正在發生甚麼事情，潮流滔滔滾滾湧向哪一方。其實這不過是旺角，但我已經退化成鄉下人了。在街上逛了不到十分鐘，很想走進商場裏——十四年來最熟悉的地方——，一方面是太熱，另一方面是受不了街頭的混亂。哦，我已經不屬於旺角了。

有一個舊學生說，他剛從市區搬到新界，家居環境改善了很多，確是物有所值。他大概就是我當年的年紀，大家都給人做事按部就班的印象，所以那時候，我一定也是這樣想吧。

二〇一一年七月

碗謎 ✷

昨天突然有一個下午的空閒，思量可以做些甚麼。細讀那些準備用來寫論文的資料，或者略翻一下積存了好幾年的雜誌和學報？幾小時丟進去大概只如泥牛入海，未免可惜。日光充沛，氣溫已經超過攝氏三十度了吧，有些人正在游泳池裏快活，我要不要開始今年的泳季？盤算一輪，最迫切的事情是去家品店買天然防蟲樟木蓉，睡床下櫃子裏的早已過期，浩蕩的銀魚大軍一定會再次來襲，絕對不能怠慢。這樣一想，牆上近天花處的霉迹也該及早洗擦，冷氣機的隔塵網更需要馬上清洗……。俞風有一篇〈星期六憂鬱〉說：「憂鬱要時間慢慢培養，是奢侈的一件事」，難怪我很久沒有憂鬱了。

沒有憂鬱當然不好，所以我試圖回想一些有趣的事情來補償。田泥那時剛搬到大埔尾一幢村屋的三樓。我第一次到那裏，她問我喝點甚麼？橙汁、茶，還是她發明的綠茶粉蜂蜜牛奶。我說喝水就可以了，她說好吧現在燒水。忘了當時是甚麼季節，幸好不太口渴。那村屋很奇怪，廚房、浴室和客廳、睡房完全分開，也就是說，從客廳到廚房要先出門。我跟着田泥到廚房，赫然發現洗濯槽裏堆積了數量可觀的食具。她用電水壺燒水，同時揀了兩隻玻璃杯清洗。那一陣子她在室內設計公司裏負責的酒店項目日夜不停地趕進度，以致感冒了許久還未完全康復，其他事情實在兼顧不了。再到那裏的時候，洗濯槽奇觀仍在，是不是從上次延續下來，就不宜亂想了。然後是我們結婚後第二或三年吧，估計我洗碗的次數已超過前半生了。

小學時母親訓練我洗碗甚至燒簡單的菜，只是升上高中後全都免役，母親以此支持我專心學業。不過也得對田泥公平點，她總叫我把碗碟留給她清洗，但我總等不及就動手。和其他家務相比，洗碗的結局是乾淨清白的世界，洗碗的人卻不必以沾上一身汗污為代價，專心清潔甚至有寧神靜氣之效，說是修行或療養也不算離譜。問題是田泥以藝術家氣質偶爾客串廚人，不喜歡重複成功的經驗。既然全力追求創意，區區少用幾件廚具，倒醬油時對準碗口，這些小事何暇記掛？一頓飯弄出來，既疲累又滿足，如果再喝一點點酒，飽醉後歪在沙發上，世界多麼和平美好——無法否認有一點點潔癖的我忍不住補充：除了廚房之外。

直到能夠鎮靜面對，才明白我有那麼多生活習慣源自母親的教育，而奇怪的是，田泥卻有許多地方竟和我的父親暗合。無獨有偶，她也說在夢裏常常把我和她的大姐合為一人。這種血親和姻親脾氣特點的交叉搭配好像並不罕見，難道就是那個神秘又老套的緣字的底蘊？

不久之前有一天下班，在屋苑平台的走廊上，突然聽到金屬頂蓋上一聲巨響，以為是打雷或樓上掉下了花盆，後來才知道有人跳樓自殺。管理員說是住在我們上面幾層樓、搬進來不久的中年男租客。屍體把頂蓋撞得陷了進去，幸而沒有穿破，不然我就是第一個看見慘劇的人了。即使只是耳聞，有時晚上到後樓梯丟垃圾，仍不免幻想有一個飄飄蕩蕩的影子在轉角處。田泥怕鬼遠比我嚴重，她說是因為想像力太豐富了。當初或許就是這緣故，她不敢獨自到村屋的廚房，所以才累積了一些碗碟——昨天去家品店途中，我突然解開了多年來的謎團。

二〇一二年五月

重逢１９８３＊

偶然想起，考進中大至今剛好三十年了，多可怕的數字，校園裏絕大部份的學生，一九八三年還未來到這世界。古稱三十年為一世，翻出當年的記事本，也果然有恍如隔世的驚訝。

明天是廿二日。這個日子可能是一生的轉捩點，或許實現多年的夢想，或許落得一片空白。天機是那麼玄秘，豈能測準。還有這十小時，可以說是長而緊張，一生之中，怕難經歷幾次。日後回顧，卻是舒適甜蜜中帶着苦楚，現在只有等候。

一九八三年八月二十一日

我在中文中學呆了六年。那時候政府認可的大專裏，只有中大和葛量洪教育學院接受中學生，但我的中學不是名校，每年成為中大學生的不過一兩人。早一屆有位師兄居然考上了醫學院，同學都認為那是例外，不能作準。不用說，高級文憑、副學士都是很久以後才有的，失意於中大而仍想升學，只有到外地去。我們學校也不乏到台灣唸書的同學，只是我一直糊裏糊塗，或者是刻意逃避生活上的大變動吧，只顧埋頭應付香港的公開考試。中大放榜前一天，我完全沒有其他準備，真不明白那時憑甚麼認為將來回想一定會感到甜蜜？

一伸手，終於抓着了！六年來——甚至讀書懂事以來——的夢想實現了。從前的憂慮、苦痛，現在雖仍有感受，已像隔了一層紗。

一九八三年九月三日

放榜那天下午，中大的錄取通知就寄到了。那個重甸甸的公文袋，除了入學表格、學費單、迎新營的報名表等，還有各種注意事項，看得人頭昏腦脹。用了好幾天按指示辦完所有手續，這才有閒暇領略快要成為大學生的欣喜，覺得整個成長階段的困擾一時煙消雲散，從此和別人並肩而行，再不需要自卑了。

背起書包，穿上便服，火車來往，確不免有點自豪。不過那要付出很大的代價：在山間的石級跑上跑下，面對不可知的學習環境，浩瀚的書籍，再沒有人在旁諄諄提示。偶然見到穿校服的中學生，感到一絲欣慰，終於不用和公開考試搏鬥了！然而最使我喜悅的，還是新建立的友誼。走在廣漠的百萬大道，或蜿蜒的小徑，或陡峭的梯級上，就只有這感受為人稍祛孤清。

一九八三年九月十五日

參加了學系和書院的迎新營，經過了這輩子第一次跑一千公尺的體能測試，終於開學了。節慶般的活動結束後，正常的大學生活原來遠不能說是輕鬆愉快的。重讀這段看似積極的文字，我卻發現刻意壓抑的孤獨不安。

在中大上課進入第二週，心情由雜亂漸歸平靜，情緒由低落而稍復安寧，像小思老師說的已漸「適應水土」了。第一週使人不快是有原因的。星期一清早就要搶先增選英文科——又是一種惱人的選課；星期二知道體育課碰着最不好惹的老師；星期三聽到學姐預告日後找資料做習作的艱苦；星期四大一國文課聽不懂國語，下午被體育老師「操」得站不起來；星期五幾乎給選修課悶死了。然而怎樣艱難的日子總要過去的，心緒於不知不覺中趨於安穩。能夠在香港升讀大學畢竟是罕有的榮耀，從前內外交煎的日子已經過去，也感到太膩了，以後何妨揭開新的一頁。

一九八三年九月二十一日

在散處天南地北的圖書館之間往來趕路、揣摩和中學截然不同的學習方法，都不算困難。上學期結束時，我把自己的一千公尺紀錄縮短了一分鐘，成為這輩子跑步的最佳成績——當然也顯示了自己當初如何不濟。真正的考驗是和新認識的人建立有異於中學老師、同學式的交往關係。為甚麼要和中學時不同？穩定的環境改變了，舊的交往方式無法存在，只是次要原因；更強烈的是，那時覺得到了一個新的階段，應該和以往不同。但究竟要變成怎樣的人，卻一無頭緒。

一看前一篇記事的日期，竟然已經是半年之前，四分之一的大學生活快過完了。一直以為過得也算充實，誰知盤點舊帳，才猛然發現很多不足，也驚怪自己改變了不少，但我現在不想說這些。入學之初對校園的山光水色都有一份驚喜，習慣之後感受漸漸變得遲鈍，今天黃昏由大學道散步而下，走到大學體育館外，向海那邊一望空闊，島嶼縈迴，遠的在有無之間，近的蒼鬱翠秀，回家後寫了一首詩，加上昨天在崇基圖書館溫習時所寫的，一併記在下面。

一九八四年四月一日

半年沒有留下文字紀錄，不止是因為學業和課外活動忙不過來吧。半年前立志要揭開新的一頁，為甚麼這時對於自己的改變滿懷失落？那些不想記下來的改變，究竟是甚麼？今天絲毫沒有印象了。幸而藉着這段記事，我重逢了多年前寫下的詩，那些陌生的少年成長隱語——現在當然不好意思引錄啦。

> **算是一次挫折吧！世間原沒有百戰百勝的將軍，趁我還能失敗，當我還可以化挫敗為激勵的時候，未嘗不是有益的鞭策。**
>
> **一九八四年五月五日**

其實我絕不達觀積極，但說這是一種寫作程式，收筆時必須有的意思轉折，也未免過於矯情。總之，我就是這樣描述了自己對一件頂頂重要事情的反應。

這一年的暑假對我來說太重要了。不僅因為生活多姿多彩，更因為許多問題有了答案——縱然只是自認為的答案。重看金耀基教授

〈大學之理念〉一文，不禁擊節讚賞，在心中久久盤桓而尚未成形的一點念頭終於有人說了出來。總覺得大學能與社會保持一定的距離，可以讓學生有一點自豪，進而或許會培養出有所必為有所不為的精神。目前的中大，我看實在俗氣了些。另外，大學四年目的何在也已漸漸了解。四年裏，不用和外面的世界競爭，成績不用頂尖，選課大可隨意，這種自由還能在哪裏得到？至此才明白馬臨校長闡述中大精神時，提到的其中一點：「專而不偏，精而不窄」。考不上心儀的副修科，固然因為力有不逮，卻因此而放眼到社會科學院那更廣大的世界，未嘗無塞翁失馬的運氣。有人說，每個暑假都會有所感悟，但一開學就忘記了，我只望能堅持下去。

一九八四年九月九日

這段行文誇張得令人臉頰發紅，但不該懷疑當日的真誠。我果然被「一開學就忘記」那句話說中了。轉眼就是三十年，要不是為了寫這篇短文，翻出舊時的記事本，真的不會記起那些充滿青春氣息的激昂和焦慮。公平點說，有些想法我至今沒有推翻，但也沒有常常掛在嘴邊。不過在大學的幾年裏，我有沒有踐諾改變自己、改變了甚麼，檢點起來仍不免茫然。也許對大多數人來說，也不能不茫然吧，要是你有幸留下了一些痕跡，讓少年的自己撥開重重歲月，莽撞地直闖到面前。

二〇一三年七月

老與舊 ✷

上星期連日大雨的間隙，有天清晨竟給太陽照醒。睜眼只見強光從紅色簾子的上面射進來。不，那其實是權充簾子的舊被套，用衣夾夾在窗櫺靠近頂端的部份，但沒能遮蓋整個窗子。一種恍惚油然生起，想了一會才記起現在是一年裏的哪一季、哪個月，又想了一會，今天待辦的事情才紛然湧出。

很久沒有享受過不必趕死線的日子了，今天仍不例外。我恨恨地認為，那是生命的消磨，日常瑣事小口小口地要把我咬嚙至死。於是想到舊被套原來張掛起來已經半年多了。從對面看過來，這個濃艷但明顯破落的窗戶裏，住的是何樣人呢？

小時候住在旺角的橫街，附近都是九層以下的唐樓，都沒有升降機。住客沿燈光暗淡的樓梯上街及回家，往往我四五級一跳地向下時，一個枯瘦的老頭抓着鐵欄桿以幾乎不動的速度迎面而來。我一跨兩級而上，衝過特別陰暗的三樓，滿腦子是鬼魂索命的幻音，肥胖的上海老太太支着枴杖顫危危地探出腳步，兩人差點撞個滿懷。

趴在雙層床的上層，從百葉簾的罅隙看街上，對面更老舊的大廈甚至連百葉簾都爛了。一邊的繩子斷掉，百葉簾像摺扇打開成一個三角形，經年累月維持同樣的狀態。那邊有人住嗎？住的是和百葉簾同樣既老且殘的獨居者？當時沒有留心核實。比百葉簾更破爛的是用報紙、餅乾鐵罐等雜物抵住的窗子。雜物後面的住客似乎從沒有一窺外界的好奇心。那些又是甚麼人？

中五會考那一整年在向北挨窗的書桌度過，只記得兩個畫面。春夏之間一群鴿子啪唰啪唰地在建築物橫直線條切割出來的幾何天空一掠而過。我知道牠們在大廈之上繞圈練習飛行。自書桌悶人的課本和筆記中仰首發呆，做一隻不用溫習的鴿子多好。另一個畫面是正對面低兩層的窗戶，裏面有一個男孩同樣在書枱前。但他通常在午夜前就關掉枱燈，改為練習掌上壓，又舉椅子練臂力。除了我，鴿子和男孩就是當時橫街裏唯一並非老舊的意象了。

依那時的感覺，今天我的年紀一定也算老舊了。不是嗎？畢業後在社會工作的年數已可用十作計算單位，退休再非遙不可及的事情，將來不再意味和過去截然不同。我不用瞻望等候在更高更寬廣處繪畫軌跡的鴿子，我知道牠們也有繞不出去的無形牆壁。這樣就算過了大半輩子嗎？

父親退休後變得不喜歡亮燈，我猜想是為了節省電費。我很不喜歡孤獨老人一燈掩映的淒涼，常常大力拍亮電燈開關表示不滿。回想起來，也許他不是突然省電，而是在家時間多了，我才留意到他的生活習慣。其實那時他比我現在大不到幾歲。現在我不會惜電如金，但也難保沒有年輕人認為象徵孤獨的古怪行徑吧。

多年前買了一本譯名叫《秋空爽朗》的書，由童話故事裏找出各種關於老年——或者說後半生——的道理，作者好像是一個精神科醫生。我讀完全書，還用熒光筆標注了不少重點，可惜內容已經忘記殆盡。幸而多買了一本送給朋友，後來我更和這位朋友結了婚。兩本書在同一個房子的雜物堆深處，找出來的機會應該比只有一本為大。不過把書找出來重讀之前，以往的幾十年也不至於白過：我漸漸覺得，應該把老和舊分開。老是年紀漸增，機能漸弱，但理論上和年輕時一樣，是不斷進入新境界的過程；舊則是一種感受，覺得失去了變化的可能。老不一定舊，舊也不一定老。

如果有人覺得我的被套簾子礙眼，聯想到背後是暮氣沉沉的老人，這不會令我奇怪。可幸我仍能換掉那簾子，給他一個新鮮的幻想。問題是，我還未決定先裝修房子，還是先把書找出來。

二〇一四年七月

（重畫）母親不肖像 ✷

1．

前幾年的事了，在雜誌上看見一幅油畫，酷肖母親，剪下來給她看，她說不像，妹妹也認為不像。我捨不得扔掉，隨手塞進抽屜。誰知不過兩三年，竟然找不出來了。其實也沒要緊，母親活生生的每天相見，何勞丹青傳神？只是近來喜歡看畫，不免私下設想，要是自己拿起筆，該怎樣表現？素材真不少，也許能夠畫成一系列。

最富戲劇張力該是她遇劫那一次。我在客廳聽收音機，播音員嘮嘮叨叨的討厭，忍不住想調校電台，一抬頭，母親已在家裏，神色古怪。留心一看，頸項和鬢髮纏着一團牛皮膠紙，正舉起手忍着痛撕掉，手肘有幾處擦損。「我給人打劫。」她語氣平靜如常，我沒聽真，只覺她罕見地亂頭粗服，於是哈哈大笑。後來陪她到警署報案，那值日警官深明警民關係之道，一直數落賊人，「沒人性的，錢都給了，還要動粗，也不念在一把年紀……」我扭過頭來瞅着母親，只見她嘛着嘴不答。都說藝術家對現實事件有改造加工的權柄，為了加強衝擊力，怎樣把脫困罵賊兩個場面、母親警察我三個角色合併描繪，令人費煞思量。

除了那次遇賊，我們的住處本來是頗為安全舒適的。說「本來」是因為我們加建了一個小小的房間，麻煩就出在這原來沒有的幾十方呎上。房間最初是我住的，後來放了一台縫紉機，改作母親每天賺幾十塊錢的工作間。年深月久，石棉瓦接口漸漸剝蝕，傾盆大雨時牆壁和天花都會漏水。某天下班，縫紉機如常噠噠噠噠，我探頭一看，母親戴了一頂草帽，身披褐色斗篷，有類蓑衣，腳邊的盆子滴答有聲，饒有田園風味。「牧童歸去橫牛背，短笛無腔信口吹」，我記得徐悲鴻、李可染都畫過這種題材，因此也該拿來揣摩揣摩。

我不懂欣賞晉唐古畫，甚麼女史箴圖，我辨不出筆法高下，然而畫上諄諄規戒的箴言，卻也有助聯想。記起小學二三年級前，我的課本母親還看得懂，她也就兼任補習老師。「教不嚴，師之惰」，她是深以為然的，我在家裏因為做功課吃的苦頭實在不少，例如學寫「弓」字，我簡簡單單一筆完事，母親卻強迫我非分三筆不可。那時自然不懂得拿文字學老祖宗許慎「以趣約易」的道理抗辯，稍有異動她就抓起直尺一敲。可惜我既不怕痛，也不愛哭，只默默忍受過去，因而也僅止於記住「弓」分三筆，字卻始終寫不漂亮。

母親常讚美外公的書法，他雖然開雜貨鋪子，卻是個讀書人，過年時鄰里都求他寫春聯。就是幾個姨母的字也都不錯，只有母親年紀最幼，出生時正值抗戰，讀不了幾年書，不免相形見絀。但她有點數學天份，心算快，辦法活，據說是自小在店裏賣東西培養出來的。母親的家鄉我到過，跟她童年的環境自然不一樣，但在我腦子裏縈繞不去的，一直是類似的背景，配上昏黃的燈泡，有點甜有點鹹也有點潮的空氣，雜貨店裏走進幾個熟客，一個十歲不到的女孩伶牙俐齒地報上價錢，手裏拿着秤，秤砣幾乎垂到地上去。客人走了，她拿來一根筷子，從陶罌裏挑出一團麥芽糖，或者伸手到大瓦缸裏揀一小塊冰糖吃。大人都用不着管她。

母親對數字的敏感，加上做小買賣的訓練，確讓她嘗到了些甜頭。婚後父親要她專心一意做主婦，於是她在家裏坐了十多年的牢，後來我和妹妹長大了些才到製衣廠拿些衣服回來加工，直至十年前又學會了買賣少量股票和外幣。她興趣日濃，儼然經營起副業來，電台、電視，報紙的金融消息都不放過，而且運用一套簡捷的原理預測市道，例如她說，知名程度相若的幾種股票，假如一起上升，只有一種穩定，再有利好消息時，就應先考慮未升的一種。異常簡化的推理，點綴幾個專門術語，總令我既驚心又莞爾。一度我也嘗試留心市場動向，苦啃五花八門的分析原理，但資產值、業績、市盈率、長期短期走勢、國際政局等，全都是變數，一盤帳目不知從何算起。母親的投資既然薄有收益，我也就放心不過問了。只是有時一念飄過，假如不是專心當了那麼多年的主婦，母親現在的形象，會不會是手持流動電話，皮包放着電腦記事簿，心律節奏和恒生指數呼應的「女強人」？

不過她好像不曾認真後悔過。帶大兩個乖孩子，處理好千頭萬緒的家務事，讓丈夫安心工作掙錢，她認為是自己的本份。雖然她老埋怨父親守舊落伍，雖然她容許租我們房間的二十歲出頭小伙子把女朋友帶回來睡覺，母親畢竟是個傳統的人。其實細心審視，誰沒有些相反相成的性格傾向，又何獨母親如此？難怪立體派的畫，人物兩三個鼻子、七八隻眼睛只屬等閒。想來我正該畫這種風格，太寫實的恐怕畫不來。聽說我還在襁褓的年紀，常常把隔壁的阿姨錯認作母親，可見我的觀察力自小已不過爾爾，這系列的畫作，他們的批評大概仍是不像不像。

2.

這篇二十二年前投稿不成的舊作，從一部電腦搬家到另一部電腦、再到下一部電腦裏，竟然至今沒有丟失。軟件換了許多代，檔案還打得開，只增生了一叢叢亂碼。我也幾乎到了母親當日的年紀，身心的毛病不會比舊文檔的問題少，能夠為肖像系列增添一幅更不肖的嗎？

* * * *

六月二十三日星期一，早上在家裏趕寫一篇參加研討會的論文，下午到辦公室簽署一些緊急文件，然後回家繼續寫論文。四時三十分電話響起，妻接聽，神色大變。原來父親跌倒，母親打電話來。我忙報警，妻先跑到相距幾分鐘步程的父母親家裏。

我到達時，父親側臥在浴室，母親正把竹枕拿去讓他墊着。父親見了我，想撐起身，我怕他骨折了，叫他不要動。地上血跡不多，他也清醒，聲音並不微弱，我稍稍放心。母親又拿來毛巾，讓他蓋着保暖。原來父親洗澡後跌倒，幸而母親在家裏，即時發現。我再問父親痛嗎，他似乎小聲說不痛。

救護員到了，和父親在浴室裏說了幾句話，然後扶他坐到救護椅上。父親後腦有些未乾的血，但不多。他謝謝救護員，聲音比剛才大了一點。救護員讓我們拿一件前面扣鈕的外衣給父親，他仍能自己穿上，我再舒了一口氣。一會，救護員說父親想嘔吐，我就近拿起字紙簍來接，他吐了一大口黑色的液體，末了有些紅色。救護員問午餐吃了甚麼，有沒有豬紅。母親答沒有。我們家裏從來不吃豬紅的。父親看來有點累，自己捧着字紙簍又吐了一次。不過救援及時，相信即使中風，也不要緊的，我想。

母親隨救護車而去，我和妻坐計程車。我們先到達醫院，等了幾分鐘，救護車才到。救護員把父親抬下車時，他抓着救護員的前臂，很用力的樣子，眼神卻像很空洞。母親說救護員在車上指着她問，這是誰，父親答「我老婆」，又問叫甚麼名字，父親答「陳美卿」，再問你叫甚麼名字，父親答「樊」，然後就不說話了。

急症室裏陸續來了幾個醫生，重複詢問事發經過。母親說父親洗完澡，如常在臉盆搓洗毛巾和內衣，母親在客廳看電視，忽然聽到浴室傳出響聲，開門進去，見父親跌倒在地上，口鼻都有血跡。

晚上八、九時左右，一位腦外科醫生通知我們，父親要轉送深切治療部。

他的後腦頭骨裂了，但受創最嚴重的是腦部的前面，那是因為跌倒時撞到牆壁的反彈力。父親顱內大量出血，腦壓很高，情況不容許動手術，只能觀察會不會自行止血。但父親原有心臟病，腹腔血管又安裝了支架，這次摔倒可能會引致急性心臟病發作，或者血凝塊堵塞血管令下肢壞死，醫生提醒我們要有心理準備。

同樣的話有一位女醫生又來說了一遍。

我們在深切治療病房門外等候，那位腦外科醫生再來對我們說，父親在急症室的時候，心臟停頓了七分鐘，注射強心針後恢復跳動，但現在要插喉使用呼吸機。又說父親的一隻瞳孔擴張到最大，另一隻稍小，但對強光也沒有反應，最低限度他一邊的腦幹已經壞死了。

想不到事情急轉直下至此。父親送院途中，我打電話給妹妹，還告訴她不用擔心。她趕到時，父親卻已完全昏迷了。

醫院容許我們每次兩人在床邊陪伴。記得幾年前父親動腹腔血管手術後，在深切治療病房裏插着喉管，麻醉藥效慢慢褪減，他恢復了一點意識，露出非常驚慌的神情，我撫摸着他的手臂，安慰他不用害怕，手術已經做完了。現在也是插了喉管，但只有輕微的抽動。我問醫生他會不會痛，醫生說可以注射嗎啡，讓他舒服點。

到這時，我們知道極可能回天乏術了，最怕是父親變為植物人，萬一感受到痛苦也無法表達。醫生徵求家屬意願，要不要關掉呼吸機，讓父親慢慢離去。母親問，會有奇跡嗎？

十時多我們送母親回家，清理了浴室的血污，讓她洗澡、睡覺。然後回到我們的家裏，我做了一會公務，回了幾封電郵，妻工作得更晚。我獨臥床上，眼前不斷閃出父親跌到的幻覺。

凌晨四時，醫院來電，說父親血壓急降，要我們盡快趕去見他最後一面。這次護士讓我們全部人進去。父親的血壓在三十七至四十一度之間，心跳卻有一百一十七下，護士說心跳快是為了補償血壓不足，一旦心力衰減，血壓就會劇降。又說，這是最後階段了，我們可以向父親說話，聽覺是最後失效的感官，他可能聽得見的。整個晚上，母親一直冷靜，這時也只低聲地喚父親的名字。我不知道該不該期望父親有反應，那既代表他仍有生命跡象，也表示他在受苦。

接下來的一小時，父親的心跳只減了少許，我記得在一百零一下時維持了很久，血壓也只稍降。再之後的三個多小時，心跳和血壓下降都不明顯，我們考慮要不要回家歇息一會，但母親不想離開。近中午時，父親的心跳和血壓終於歸零，兩天來，我第一次痛哭。其實上一次哭可能是遠至童年了，母親則頻頻拭淚。

✷　✷　✷　✷

沒料到父親去世會帶來這麼大的變化。

母親向來大膽，父親離開之後，她再也無法獨自過夜，甚至一到黃昏，如果家裏沒有其他人，她就要到街上去。我在她的客廳睡了個多星期，疲累不堪，她才同意讓我睡父親的床。不久聘到了傭人，我可以回到自己的家裏了，可是三年多之後的今天，我知道她還是沒有完全平復。有一次我說夢見和父親相對，那是個沒有情節的夢，我知道父親已經不在，但感到很溫暖，母親只是唔了一聲。三年來她很少主動提起父親，除了各時節的拜祭。

母親以往的靈巧仍在，但我幾乎無法欣賞了，反而專注於她的缺點，例如她總是駁斥別人，而且為了反駁可以不斷鑽進枝節裏，又例如她總是挑傭人的小錯，飯後用甚麼大小的碟子收拾剩菜，每次都不對她的心意，更令我不耐的是，她似乎不能有一刻停下來不說話。最近讀到一篇文章，作者對她的妹妹說，「對她我已沒了 mercy」，說的是九十歲患腦退化的母親，妹妹忙勸她不要說這種話。讀着陡然打了個冷顫，我遠未至陷於作者的困境，為甚麼竟然這麼強烈地想逃避母親？

父親生前總是重重複複地說那幾件事情，其中之一是調侃母親生下妹妹後，我仍要她餵飯，母親罵我：「最好是一個對一個，你就開心了。」我現在每想起來都要忍着不重提舊事。與父親相比，母親卻是口才便給，數落起父親來有條有理。他們都買股票，母親批評父親買入了就捨不得賣出，不知道收股息致富的時代早就過去了，父親只強辭奪理地說，他就喜歡買升得慢的股票。日常生活裏，父親說話也常常令人不以為然，例如他接到一個促銷電話，很不高興，竟然告訴對方這裏是殯儀館，母親說豈不是自觸霉頭？他又非常痛恨母親一位朋友的丈夫，我考上大學時那人不無莽撞地評論，讀中文無法謀生的，每次提起這事父親都咬牙切齒，我忍不住諷刺他小器記仇。諸如此類的事情真是說不完。

父親六十歲那年，經營的藥材店因業主收回地方而結業退休，在家裏鬱鬱不歡，母親說：「從前你在鋪裏工作，家中所有事情我一個人包辦，想不到現在仍要當獨行俠。」後來我們總算成功勉強父親陪母親去了幾次長途旅行。父親去世前一個月，我和妹妹商量暑假裏兩個家庭和父母去一趟短程旅行，父親竟然不用說服就答應了，可惜出發時他已不能隨隊。第二年我們又和母親去了一次旅行。

父親以往工作時間很長，九點出門，晚上近十點才回家，一星期工作七日，每年只有農曆新年休息幾天。八十年代中開始，稍為縮短了，但仍是和同事相處的時間比家人長得多。退休後父母親的關係每每因為日常生活的小磨擦弄得很僵，有一段時間我還擔心父親吵架不敵會動起手來。那時我和父母同住，也覺得家裏好像突然多了一個人，很不適應。

不知道是幸運還是不幸，母親有一次突然暈倒，此後還試過好幾次瞬間不省人事，父親送飯到醫院，陪母親覆診，爭執也就暫時平息。母親的病中西醫都找不出原因，只知道心跳率很低，睡覺時有停止跳動的危險。父親翻查一本多年前買來的中藥參考書，認為有一服蘇子降氣湯能針對她的病情。母親沒有精力辯駁了，姑且服用試試，居然好轉了。此後十多年父母一直在小衝突中度過，但我也開始發現母親向來說話太不留情面了。

父親在世的最後一刹，妻湊近他耳邊說了幾句話，後來她告訴我，是答應父親會盡心照顧母親。她說，老爺是很疼愛奶奶的，也許當年就是被奶奶的伶牙俐齒所吸引。三年後的此刻，偶然想起這句話，我才明白，母親不斷數落父親太笨，但她沒有意識到自己有多依賴父親的笨。而我附和了那麼多年，到現在又轉而數落另一人，對鏡自照，這不就是母親既肖又不肖的畫像？

二〇一八年一月

烏溪沙的海 ✷

現在只要喜歡，徒步不用十分鐘就能到達這裏，這個西西用作小說〈草圖〉開端的地方：

怎麼連一隻蝴蝶也沒有的呢。
這裏並沒有蝴蝶。
這裏是烏溪沙。
這裏是烏溪沙的青年營。
這裏有花有草，有葉有樹，可是，我並沒有看見一隻蝴蝶。

我從未留意這裏是否沒有蝴蝶，倒是小說的另一個片段讓我深有同感：「坐在沙地上的時候，可以聽見草蚊糾眾行軍的噪音，聽得見吐露港內的流水起而伏，伏而起。遠山一座連接一座，這座那座。五十年前，五十年後，而你而我，誰知道誰是誰。」——我是說蚊子哩。但不止是不叮人的草蚊，因為每次都由於太癢不得不離去，害我無法靜聽浪潮起伏。好吧，我承認啦，對最後那句也有一點點感受吧。

第一次到這裏是小學時的宿營。我們坐校車從九龍市區遠赴馬料水，冷冷清清的火車站旁有一個寂寞的碼頭，在那裏轉搭渡輪，航行了好一會才到埗。登岸就是青年營的入口，大門內有一個紅柱白頂的圓亭。宿營長達五日，第三天家長來探營，有一個思家過度的男同學清晨在亭前哭着等候，他的模樣今天仍歷歷在目。〈草圖〉是一九七三年寫的，那時的五十年後很快就到了，我的宿營也僅比西西晚幾年罷了。九十年代初，〈草圖〉和另外兩篇小說結集為《象是笨蛋》，西西在〈後記〉裏說，「三個中篇，都寫於台港的『存在主義時期』」。那麼我也經歷過「存在主義時期」了，在懵然無知的稚齡。

妻子翻出一張照片，是在烏溪沙碼頭拍的。背景也是圓亭，幾個青年一字排開，男的頭髮長長，但褲子過短，一望而知是上世紀的打扮。當中有一位另類的，赫然是也斯。妻子他們的理工文社舉辦文學營，邀請也斯來指導，不知道是歡迎還是歡送時的留影，一轉眼也三十年了。那時候我們還未認識，她家在西營盤，我家在旺角，完全沒有料到竟從天南地北移居馬鞍山下。

渡輪航線早取消了，奇怪的是政府依然重建了烏溪沙碼頭。不泊船的碼頭變成釣魚和挖青口的好地方，青年營周邊則陸續蓋了不同檔次的屋苑。因為工作關係，我也住進了其中一個，二十年就這樣過去了。後來西西和也斯有沒有再訪青年營呢？還會想到存在主義嗎？還有滿臉認真的青年在那裏通宵達旦談文學嗎？

不下雨的日子，晚飯後我們常到建在填海地上的海濱長廊散步，但多數是朝着和青年營相反的方向走。〈草圖〉沒有着力描繪烏溪沙的景物，或許是一種「存在主義式」的模糊處理吧。也斯有沒有寫過這地方呢，我也想不起來。好幾次散步時縈繞心上的卻是台灣詩人羅青那首〈白蝶海鷗車和我〉：

只因為，在趕班車時，偶然，看到一隻，小白蝶
孤獨的，面對一大片起伏不定的屋瓦，挑戰式的
飛着，便停了下來——顧盼之間，頓然驚覺
　竟忘了甚麼叫海了
不過，車子總還是要趕的，海，也只不過是偶爾
想想罷了，當然，有時望着車窗外起伏的建築出
神時，冷不防，亦會想出一隻無處棲止的，海鷗
面對全世界起伏不定的海洋

雖然，其中只有海，我肯定是見到的。

二〇一八年六月

車上心情 ✷

「鍵盤的好朋友，有些有尾巴，有些沒有尾巴。」兩年前吧，我出了個謎語讓外甥女恒之猜。她回答說：「是姐姐和我嗎？」唔，你們誰有尾巴，誰沒有尾巴呢？時光飛逝，暑假後恒之就升中學了，姐姐也升上中五了。她替姐姐起了個外號 Gub，說是大耳朵的意思。我問為甚麼，她說因為姐姐想穿耳洞，她注意到姐姐有一雙招風耳，於是起了個諢名 fluffy ears，但這名字發音有點麻煩，就改作 Gub Gub Gears，再簡稱為 Gub。上星期姐姐去了四日三夜宿營，恒之對爸爸說自己患了 Gub sick。轉頭姐姐又到了南京參加運動比賽，不知道她的「病情」有沒有加重了。記得幾年前，姐姐還是小學生，有大人開玩笑要抱走恒之，姐姐緊張地說這是我妹妹啊。但猜想這幾天姐姐一定和同學通宵達旦地笑着鬧着，完全沒有 home sick 吧。

真的，只需要幾年，小孩就變為中童，再變為大人了。所以恒之要我寫一寫她，我快快答應了，誰知道轉眼間她會不會反過來禁止我以她為題材呢。事情是這樣開始的，姐姐學校的中文測驗閱讀理解題選了我一篇叫〈橋上心情〉的散文，姐姐只感到巧合，恒之卻希望升上中四時，有一道試題關於她。散文的題目也替我想好了，叫〈車上心情〉。我問甚麼車上？她說就是那次我開車載她到大學裏的甜品店吃冰淇淋。心情呢？她一口氣開列道：excited、happy、enjoyable。那時我們用 WhatsApp 聊天，我叫她試試把開頭寫出來給我參考，她馬上打了一段「引言」：一天，不知道為甚麼舅父來找我，然後喜出望外地，他帶我去吃冰淇淋。Something like that. ——她原文用的是英文，除了「喜出望外」四字。

姐姐英文很好，其他科目也不必父母擔心，比較起來，恒之很少名列前茅，但她喜歡背成語，更擅長畫東西、做手工，最害怕的是數學。學校教乘數表時，我指着魚缸考她心算：一尾水泡眼金魚有兩個水泡，七尾水泡眼金魚有多少個水泡？她偷偷看着手指，緊張了好一會，答道：九個。後來我想到鼓勵遠勝於挫折，帶她到大學的甜品店，說你考上大學就可以每天來吃冰淇淋了。那麼還要讀七年數學哩，她痛苦地說。

這星期恒之追問了兩次文章寫出來沒有，我說要等待靈感。或許是出於誘導，她說有同學在考慮要不要讀我的書，託她問有沒有特別感人的。我說全部都很沉悶啊。她馬上轉達同學的提議：寫些適合兒童看的感人故事，這樣就能在他們學校變得受歡迎。我問寫笑話和謎語也有用嗎？她答：可能，但你最好問問兒童作家（children authors），例如董啟章。噢，董啟章不是成人？

畢竟對我來說，要寫出能感動兒童的散文實在太困難了，董啟章又不巧去了韓國旅行，無法及時請教，只好仍寫我所能寫的——謎語和笑話——了。

二〇一八年七月

附：恒之讀後感

看過〈車上心情〉後，我便對樊先生的家庭成員有更多的認識。〈車上心情〉是描述樊先生風趣活潑的外甥女恒之和他的愉快事情，比如說：給姊姊改別名、經常埋怨數學等等為例。為甚麼這篇散文會叫〈車上心情〉呢？原來這篇文章是恒之請樊先生作的：「車上」是因為樊先生載恒之去吃冰淇淋；「心情」是因為恒之喜出望外地去的。

透過這文，可見樊先生和他家人有親切良好的關係。不知現在恒之的數學有否進步呢？

二〇一八年九月

第三輯

遠年笑話

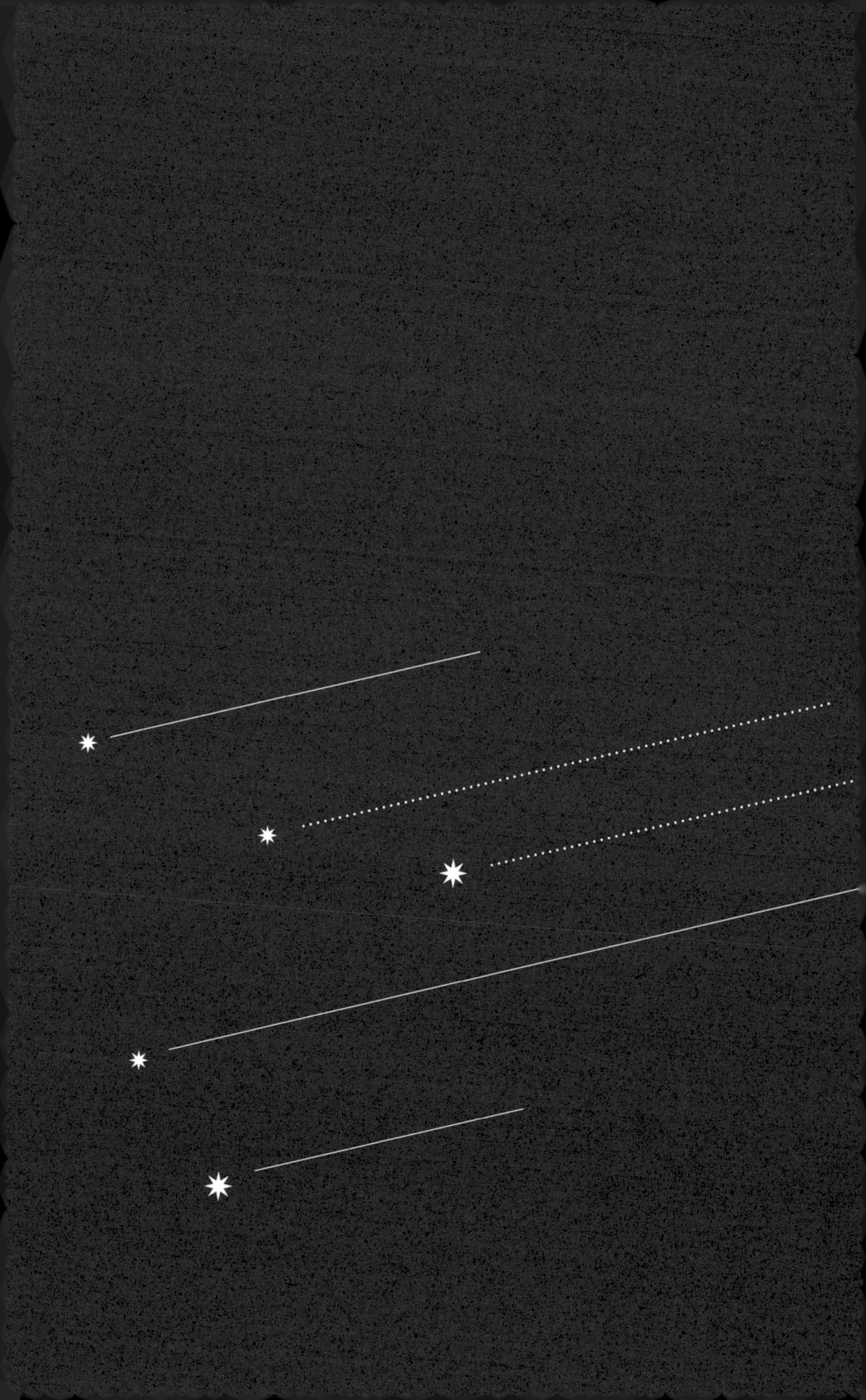

「碰」和「踫」

解作「撞擊」或「相遇」的「碰」字，常常有人寫作「踫」，不但如此，電腦中文軟件的詞庫裏也有「踫」字，所以印刷品上往往有「因為踫撞而引起衝突」、「踫上某君」的句子。我們大概都這樣想：走路不小心，踢到東西，這就是「踫」了，「足」字旁不是理所當然嗎？香港的街道上甚麼東西都多，就是石頭少，從「石」的「碰」反而不自然。這和一般小型字典的解釋當然不同，老師都說「碰」是正字，「踫」是錯字，我卻想到毛澤東的名言：「搬起石頭砸自己的腳」，這樣一碰，石和足都牽涉到了。

翻翻書本，《漢語大詞典》有「踫」字，共有兩個解釋：一是涉水而行，這個意義今天已經不用了；二是「碰」的另一種寫法，沒有舉出任何證據。《辭源》沒有「踫」，但在「碰」字下說明同「掽」，根據是清代段玉裁的《說文解字注》。追尋下去，原來《說文解字》有一個上「彭」下「並」的字，段玉裁認為即是當時通行的「掽」字原來的寫法。愈來愈眾說紛紜了，原來「碰」除了「石」旁，還有可能從「足」、「手」和「彭」，可是誰都提不出確鑿的證據。我覺得從「石」、「足」、「手」都未免太暴力了，反而「彭」有頭髮的意思，從「彭」的「碰」暗示兩個頭兒湊到一塊，最溫馨和睦。

不過話得說回來，目前大家的共識是：「碰」是正寫，其他寫法充其量只是異體，考試時為安全起見，還是從正為妙。

有恃無恐

我們在大學一年級的學生裏做了一個錯別字測試，列出一些詞語，故意寫錯其中一兩個字，讓他們改正。結果出來，錯得最洋洋大觀的是「有恃無恐」。題目原來寫作「有持無恐」，大部份同學都知道「持」字不對，但填上的答案卻琳瑯滿目。如果不着意於語文水平的高下，有好些答案其實是頗有意思的。

有人改作「有刺無恐」，我們要有保護自己的能力，這樣就不怕被人欺侮了，仙人掌不就是「有刺無恐」的植物嗎？有人改作「有始無恐」，諺語雖有「好開始是成功之半」，也不過預計有一半機會成功，這位同學說「無恐」，未免太樂觀了。也有人說「有此無恐」，「此」是甚麼秘密武器呢？最有趣的是「有齒無孔」，老人家多渴望這樣子。一顆牙齒掉了，留個孔洞，旁邊的失去依傍，很快也要脫落了，所以「有齒無孔」就是老當益壯的意思。

其實「有恃無恐」出自《左傳》。春秋時齊國攻打魯國，魯國派展喜名義上犒勞齊國的軍隊，實際上設法求情，齊侯問展喜魯國人害不害怕，展喜說平民害怕，但君子不害怕，齊侯說魯國貧窮，百姓家裏沒有吃的，曠野裏也沒有青草，「何恃而不恐」，也就是說「憑甚麼不害怕」。「恃」解作「依靠」、「倚賴」。在各種「誤中副車」的答案裏，我比較同情的是「有市無恐」，並非因為喜歡投資股票或地產，一聽「有價有市」就高興，而是「恃」字有兩音，一讀「市」，一讀「似」，除了這位同學，其他都誤讀了。

「揣摩」

一位專欄作家說，從前財政司宣讀預算案是一件大事情，記者一早就跑到政府新聞處「坐牢」苦讀，「又要消化，又要抄數字，又要觀摩財神爺的哲學，甚麼『不干預』到『積極不干預』之間有甚麼玄虛變化。」這裏「觀摩」應改作「揣摩」。

觀摩是觀察別人的長處，然後汲取學習的意思，有一種興高采烈的味道。揣摩則是推測或估量，你不一定佩服揣摩的對象，有時甚至有點為勢所逼的無奈。上面引述的文句裏用了三個「要」字，又以「坐牢」作比喻，肯定並非賞心樂事，所以不能用「觀摩」。以善於揣摩別人心意為大眾熟知的，莫過於韋小寶了，可是到了最後，他還是要憤然說「老子不幹了」，可見揣摩的確不容易。

「揣摩」一詞最早見於《戰國策》。六國大封相的主角蘇秦未得志時，父母妻嫂都給他臉色看，於是他發憤把藏書都翻出來，終於找到一本叫《太公陰符》的書，大概是兵法之類吧，苦心鑽研，寫成了兩篇文章，名為〈揣〉和〈摩〉，從題目看，後來的學者猜想是遊說諸侯的各種辦法，其中當然包括估量對方心意的竅門了。

「觀摩」往往用於同行或學習同一種知識的人之間，如上面所說，應該是一件快樂的事情。我教的科目有一個環節要求同學把習作拿出來互相觀摩，他們非常不願意，說那簡直是互相批判，可見他們確實懂得了觀摩的含義。

詞語的多角戀愛

步步為營地看一本校對不精的書，忽然讀到這一句：「中國人憎恨白人歧視華人」，中國人不就是華人嗎？自己歧視自己是甚麼意思？「華人」大概是「黑人」之誤吧。原文接着說：「但不少華人歧視印度人、黑人」，「黑人」到句尾才出現，可見前面的「華」字不能改作「黑」。全句再看一次，才明白原句說：中國人憎恨的是白人對中國人的歧視，但中國人又歧視印度人和黑人。原來「憎恨」所管轄的是「白人歧視華人」這個短句，而不僅是「白人」這個詞。

中文的詞語無論作動詞或名詞用，寫法都一樣，幾個詞語連結成一個句子，有時誤會就出來了，好像這一句我就以為「憎恨」和「白人」是一對，「歧視」和「華人」是另一對。這也難怪，兩兩相配不是挺正常嗎？誰想得到兩個字可以配六個字？其實還有多角戀愛的情形，根本說不準哪一個才是正解，例如「臨時職務編配計劃」說的究竟是「臨時職務」，還是「臨時計劃」呢？真是撲朔迷離。錢鍾書的《圍城》說過，「老科學家」一般人都以為是年老的科學家，這種人是值得尊敬的；但他也可能非常年輕，只是學的都是和時代脫了節的科學。錢鍾書戲說，到將來中文的語法進化了，這種誤會就有可能消除。

語法會不會進化，我也說不準，這種一句多解的現象，倒是在甚麼語言裏都無法避免的，不過根據上文下理，多數可以猜出來罷了。

不慘的慘

宋代女詞人李清照的〈聲聲慢〉說：「尋尋覓覓，冷冷清清，悽悽慘慘戚戚。」寫一個孤獨空虛的人想找點寄託，卻發現周遭一片冷清，於是愈發悲哀。最後一句三組疊字，一組比一組沉重。「慘」解作悲苦是誰都知道的，但原來也有不那麼慘，甚至帶點喜劇意味的「慘」。

《元朝秘史》說：「當初元朝人的祖，是天生一個蒼色的狼，與一個慘白色的鹿相配了。」這本書原來用蒙古文寫成，不知道作者是誰。慘白即蒼白，並沒有悽戚的意思。還有「慘紫」，就是淺紫色，據說武則天臨朝聽政時，大殿上垂下慘紫色的帷帳，可見這種顏色絲毫不慘，反而代表莊嚴堂皇。

唐代有個叫潘孟陽的人，新近當上了戶部侍郎的官，他母親非常擔憂，說以他的才能擔任這樣的職位，一定大禍臨頭。潘孟陽再三開解，母親終於提議兒子把相熟的同僚都請來，讓她看看。宴會完畢，母親喜形於色地說：「都是和你一樣的材料，不用擔心了。」又說：「坐在最後那個慘綠少年是誰？這人完全不同，一定是有名卿相。」那少年穿一身淺綠（也有人說是深綠）色衣服，大概舉止談吐不凡，所以引起潘母注意。這位母親奚落兒子不留情面，在今天有必要接受家庭心理學家輔導，卻也目光如炬，慘綠少年後來官拜節度使，封邠國公。可更有趣的是，少年竟然名叫杜黃裳，黃跟綠正是同一系列的顏色。

後來「慘綠少年」用來形容風度翩翩的青年男子，「慘綠年華」則指青春歲月，都是好東西，和「死飛仔」、「老泥妹」完全不是同一回事。

愈來愈「慘」

不慘的慘還有後話，成語有慘憺經營，「憺」也作「淡」，本來也沒有悲慘的意思。杜甫寫畫師曹霸畫馬，有「意匠慘澹經營中」的句子，說的是曹霸專心致志地構思描繪。「慘澹經營」不過是說費盡心思從事某項工作，沒有暗示成功或失敗，但因為「慘」字的不祥意味，我們往往聯想到一盤瀕臨破產的生意。

壞的意思像惡疾，染上了就不容易治好，類似的例子還有「每況愈下」。這個成語出自《莊子》，原作「每下愈況」，最晚在宋代時已有人改為「每況愈下」，作情況愈來愈差解，這顯然因為「愈下」在字面上有變得更下等的含意。其實《莊子》原來的意思，是指愈是在低賤的地方，愈能體現道的存在。另一個例子是「差強人意」。現在大多數人都覺得「差強人意」就是「未如人意」，但原來應該解作令人滿意。把幾件東西拿來比較，大部份都不合標準，其中一件卻比預期好，那就叫「差強人意」，是肯定的話。在「差強人意」中，「差」是比較的意思，但我們每每誤解作成績很差的差，好事也就變成了壞事。

通俗的例子當然也有。甲說他和乙「冇乜兩句」，我記得小時候我們都把這句話理解為甲乙是莫逆之交，很少爭吵（「兩句」）。但最近我問過很多人，大家都認為甲乙一定有心病，所以話不投機。語言天天都在變化，哪一種解釋正確，有甚麼打緊？不過如果不想暴露自己年齡的秘密，這些意義轉移的現象，倒是值得留心的。

七嘴八舌

最害怕聽見人說重「滔」覆轍、骨「落」脆弱、模「疑」考試、心情惆「脹」。「蹈」是踏上去，前面的車翻了，後面的又駛上同一條軌跡，叫做「重蹈覆轍」，「蹈」字和「舞」結合時，誰都不會讀「舞滔」。「骨骼」的「骼」、「疏落」的「落」、「格式」的「格」，都含有「各」，但只有「骼」、「格」才是一組，都音「隔」。模擬是模仿、仿效的意思，「擬」音「以」，如果讀成「無疑」，那就像是正本，不是模仿了。「悵」和「脹」、「賬」、「帳」字形相近，可是讀音不同，後面三個都讀「漲」，「悵」卻讀「唱」，麻煩是麻煩了點，但不算太難記。

也害怕聽見人說「人妖（音「腰」）」、「抨（音「烹」）擊」、「雛（音「鋤」）鳳」、「幽冥（音「明」）」，雖然我知道這些才是正音。至於「糾（音「狗」））

纏」、「週刊（音「看門」的「看」）」、「時間（音「奸」）」，有時道貌岸然地發正音，有時胡亂馬虎地從俗讀，要看心情。總之，習慣了就是最好，別人呢，要麼就讀錯了，要麼就食古不化。

有一家電視台的新聞報道員喜歡說「援（音「元」）助」、「救援（音「元」）」，似乎是正音，真令人煩惱。找出字典來查看，反映南北朝（距今一千四百年）語音的《廣韻》是這方面的權威，「援」字音「元」和「願」，沒有「垣」音，非常可恨。另一本權威是《粵音韻彙》，共有三音，除音「願」外，還有「元」、「垣」兩音，這結果很好，皆大歡喜。

三座大山

在香港用中文寫作的人，頭上有三座大山。

「香港繁榮安定，市民應該感到驕傲。」你驕傲嗎？不，我不驕傲。驕傲是和烏龜賽跑那兔子的德性，我是謙虛的人類，我只會感到自豪，或者光榮。

英文的 proud 可以是正面的，也可以是負面的；表示負面的意思，通常譯作驕傲，要是正面的事情，那就得說光榮或自豪了。如果我們因為懂些英語，喜歡說說 proud of 甚麼的，不假思索就翻譯成驕傲，那絲毫不值得驕傲。

在公共汽車上常常看到這樣的標語：「樓上不准企立」，這是典型的香港話。普通話說「樓上不准站立」，廣州話說「樓上唔准企」，現在「炒埋一碟」就變成「出得場面」的告示了，卻以為北方人就是這樣說話的。另一句經典是「落車請早揚聲」，其實「落車」和「落雨」一樣，普通話都用「下」不用「落」。

火車進站了，擴音器那句有趣的話悠然播出：「請小心月台與車廂間之空隙。」一字正腔圓的廣州話，配上文縐縐的「之」字，從天涯海角回流的移民，一聽到就湧起滿心親切的感受。我們香港雖然位處邊陲，還是極有文化的，一到莊嚴場合，文言詞語就派上用場了，那管得到「之」字平常都說成「嘅」，而這一句更可以乾脆甚麼都不要。

自小說廣州話（雖然有些懶音），兩三歲開始學英文（不過始終有點結結巴巴），初中讀文言課文（但免不了一知半解），我們都是這樣長大的，我們用來寫中文那管筆都壓着這三座大山。

不好奮勇

我們在課堂上偶然談到一個句子的翻譯：After the orphanage has been burnt down, I offered to take in a few boys. 那孤兒院燒燬後，我（____）收留幾個孩子。括弧裏填上甚麼好呢？有同學脫口就說「自願」，但 offered 有說出口的意思，「自願」卻可能只是藏在心裏的想法。又有人說「主動提出」，這大概可以對譯現在式的 offer，但原句是過去式，如果加上一個「了」字，又顯得有點怪相。我提示他們試試用成語，一時間「自動自覺」、「義不容辭」，甚至「義無反顧」、「義薄雲天」都出來了。「自動自覺」用來形容一個乖巧的孩子分擔家務似乎較適合，後面兩個成語當然是開玩笑，因為語氣太重了，其實「義不容辭」用在那句子裏，也有點自吹自擂的意味，我這樣分析說，順便建議何不用「自告奮勇」。怎知道他們不約而同地反對：這不也是自吹自擂嗎？

我從來沒有想過「自告奮勇」有任何吹噓的暗示，當然，我可以用權威的口吻「教導」他們這個詞語的「正確」用法，但忽然想到一件事情，就轉個話題問他們：在地鐵或公共汽車上，有沒有見過鬼鬼祟祟的讓座者——有些人看見老人家或者孕婦，明明想讓座給他們，卻不作聲，只是突然站起來，閃到一旁，騰出自己的座位。他們都說見過，而且頗為體諒這些人，「太高調地讓座，怪難為情的。」我也不同意「太高調」地讓座，但輕輕說一句「請坐我的位子」，即使給鄰近幾個乘客聽到了，也算高調嗎？這似乎就是問題所在了，難怪說「自告奮勇」收留幾個孩子，聽者也覺得有點自吹自擂了。

請甚麼纓

上回說到我們討論那個句子：「那孤兒院燒燬後，我自告奮勇收留幾個孩子。」大家覺得「自告奮勇」有點自吹自擂，及至明白了詞語的意義不斷變化，短短日子已經滄海桑田，正如有時回想一件事情，不過幾年罷了，卻像走了千山萬水，二十來歲也有點事情可以懷舊了，不禁欷歔起來，一時無話。突然有人插口道：「『自動請纓』又怎樣呢？」我一皺眉頭，反問道：「你知道『自動請纓』原意是甚麼？」眾人互望半晌，才有一個敢言的發話：「我猜想是紅纓槍。」有人帶了頭，話也就容易接上了，另一個分明是鬧着玩的說道：「是黑星手槍柄上繫的紅絲巾嗎？」大家笑作一團。到了這時候，我再也不敢肯定他們笑的是甚麼，我自己倒是想到電影《表姐你好嘢》裏鄭裕玲的「英姿」，但誰知道這些「覗仔覗妹」對鄭裕玲演的表姐有沒有印象？

紅纓槍當然不是手槍，而是一根長棒一端接上鋼尖，頸上圍一圈紅穗那種兵器，粵劇的踢槍就是踢它。夠古老了吧？可是「請纓」的「纓」還不是這個意思。漢朝有一個青年叫終軍，曾對武帝說希望皇上賜他一條長纓，把不肯臣服的南越王捆回來。長纓本用來套馬，終軍是把南越王當作畜牲了，口氣可真不小。所以，「自動請纓」不是比「自告奮勇」更自吹自擂嗎？不過話分兩頭，既然大家再也不知道「請纓」的故事，又怎分辨得出它的語氣？反而「奮勇」一詞清晰如水，不喜歡就不喜歡了。古希臘的 Heraclitus 說：人不能兩次涉足同一條河。因為河水是不斷流動的。在語言的大河裏，大家明白的詞語是一種流法，不明白的是另一種流法。

那調調兒

我們班上有一位同學缺了席，後來接到她的電話，說因為病倒了不能上課，想補做那天的測驗，我說你先給我寫一封請假信吧，於是我收到一段這樣的文字：「……因為染上感冒，無法回校上課，不便之處，敬請原諒。」一看就令人莞爾。生病通常是身不由己的，有甚麼需要請求原諒呢？還有，她不能上課，對我造成甚麼「不便」？如果是指要勞煩我為她再出測驗試題，為甚麼不寫出來？我看這不是禮貌或婉轉，而是慣性。

「不便之處，敬請原諒」到處可見，究竟是誰的發明？地鐵列車在隧道裏停一會兒要說它，商場大廈有修葺工程要說它，現在連請假信也用得着它。字面上禮貌極了，但用它的人真的在請求原諒嗎？也許是吧，但我感覺不到。甚麼好東西重重複複地出現，都只有一種下場：惹人嫌惡。應用文最多套語，甚麼「倘蒙俯允，不勝感荷」、「情非得已，尚祈亮察」，都是虛情假意，現在大家棄用文言，分身有術的當然輪到白話。

當「事先張揚的X」、「生命中不能承受的Y」在電視宣傳語句、雜誌報章標題上兼職加班時，自然有些喜歡這兩本書的人，發誓不再用這兩種句式，那指天誓日的認真態度，比得上剛和別人「撞了衫」的明星。這種人痛恨濫調。有一首歌叫〈當愛已成習慣〉，到了那田地，愛就不再是愛了。

詞語自閉症

在三個場合聽過三個背景很不相同的人說「身同感受」，頭兩次聽見，我都在心裏說：「錯了，應該是『感同身受』。」到了第三次，我就有了另一個想法。語言這東西其實是不大講道理的，如果大家都這樣說，明明是錯誤的也會變成正確。

「感同身受」是甚麼意思呢？《漢語大詞典》、《辭源》這樣的大部頭詞典都沒有收錄，不知道最早在哪本書裏出現，只有試試猜想。這個詞語譯成語體文大概就是：〔你的〕感受〔我完全體會得到，〕就像是〔我自己〕親身感受到的一樣。方括號裏的字都是特別補上去的，不然就解不通了，可見這四個字多麼濃縮。但我不是要讚美成語，我覺得有趣的是，在上面的「翻譯」裏，「感受」一詞出現了兩次，問題可能就出在這兒。

「感受」平常是連着說的，在這個成語裏，偏偏拆開來，放在兩個極端，誰耐煩揣測它們的底細呢？順口一說，變成「身同感受」，兩個字就像牛郎織女，一旦相會就捨不得分開了。「成語」在字面上本來指固定成形的詞語組合，所以用字和次序都不能隨意改換，可是在語言的大河裏，沒有甚麼是永遠沖不倒的，區區成語怎能例外？

神經科醫生 Oliver Sacks 的好書《錯把太太當帽子的人》有一章說到一對患自閉症的孿生兄弟，他們喜歡玩數字遊戲，兩個人輪流說一個數字，每舉出一個，兄弟倆都像欣賞藝術品似的細細品味，這還不算怪事，醫生後來發現他們說出的竟然都是六位質數。對一般人來說，詞語應該比質數有趣些，但太喜歡欣賞詞語的流動，會不會也有些自閉的嫌疑呢？

同聲同氣

不論我們說的是廣州話還是普通話，通常每一個音都有一個意義，所以叫單音節語言。如果這樣說令你摸不着頭腦，我們用英文來對照就清楚了。隨便挑一個英文詞語，就用 select 吧，這個詞有兩個音，合起來解作「挑選」，但在中文裏，單用「挑」或單用「選」都講得通。這就是說，英語裏的多音節詞譯成中文，——嚴格地說，是漢族的語言，簡稱漢語——往往用一個音節就夠了。

我們說「往往」是要照顧例外的情況，因為中文裏也有不少詞語單說一個音不行，例如「蜥蜴」、「開心」、「字典」，只說「蜥」聽者可能會以為你說「識」、「色」或「息」，只說「開」雖然不會誤以為是另一個字，——因為只有兩個很少用到的同音字——但很難猜得到你的意思是happy。學者認為，時代愈古的漢語，單音節詞的數量愈多，到了現代，很多詞語都是多音節了。

由單音節變為多音節是漢語發展的總趨勢，道理太深奧了，我們沒有甚麼興趣，倒不如說些小問題。上面提到的同音字，有時是溝通的阻礙，有時卻提供了額外的訊息，比方看見一篇文章說「迫不急待」、「做為」，我們就知道作者是說普通話的，「急」和「及」、「做」和「作」同音，他因為同音而誤用另一個字。至於誤以「造夢」為「做夢」的，多半是本地人，他吃了廣州話「造」、「做」同音的虧了。

鋤強扶弱

有些常常混淆的別字，其實只要動動腦筋，很容易就能記住它們的分別，下面介紹一種我很喜歡用的鋤強扶弱法。

「熟悉」和「熟識」哪一個正確？根據詞典是前者，但在報刊書籍上，偏偏「熟識」橫行無忌。我認為這是「悉」字受淘汰的先兆。「識」是知道的意思，「常識」、「知識」都是使用頻率非常高的詞語。「悉」不但解作知道，還帶有明白、了解的意味，比「識」深入，和它結合的詞語有「獲悉」、「知悉」、「熟悉」等。可是問題來了，「獲悉」和「知悉」口語裏不常用，遠遠比不上「常識」、「知識」普及，一般人對它印象不深，於是連帶「熟悉」也遭了殃。一說到「熟」就接上「識」，似乎也解得通，錯誤就傳開去了。有些人解釋說，「熟悉」是了解得很深入，「熟識」則是向來有認識；前者着重程度深淺，後者着重時間久暫。可是依照常理，認識愈久不是了解愈深嗎？我看這種區分有點勉強，倒不如費些工夫記住正確的用法。既然和「悉」結合的詞語只有「熟」最常用，只要記住這個詞，其他 sik 音的詞語照用「識」就可以了。

又例如「籍」和「藉」，「藉着神仙的指示，公主終於解除了青蛙王子所中的魔咒」，這個句子裏，只能用草字頭的「藉」，可是常常有人誤寫作竹字頭的「籍」，「藉」也是瀕臨絕種的可憐蟲。所以只要記住「藉着」的寫法，其餘「國籍」、「戶籍」、「籍貫」都不用強記了。

甚麼說話

魯迅的〈阿Q正傳〉有一段話很有趣：「他（阿Q）又很鄙薄城裏人，譬如用三尺長三寸寬的木板做成的凳子，未莊叫『長凳』，他也叫『長凳』，城裏人卻叫『條凳』，他想：這是錯的，可笑。」阿Q是個怎樣的人，不煩介紹，他住在鄉下，未莊也在鄉下。鄉下當然比不上城裏時髦，阿Q進過城，自覺比老鄉眼界高些，可是阿Q之為阿Q，正是不肯認低，所以他又站在鄉下人的立場嘲笑城裏人。

甚麼東西叫甚麼名字，有時是沒有道理可講的，只有習慣和不習慣的分別。「長凳」和「條凳」哪一個貼切些？我們大概不認為是大問題吧。可是還記得不是很久以前，聽見有人把「電腦」叫作「電子計算機」，把「彩色電視機」簡縮成「彩電」，我們會不由自主地批評「這是錯的，可笑」嗎？「電子計算機」五個字，多冗贅；「彩電」卻又短得不知所謂，反正現在電視機還有不是彩色的嗎？其實我們抗拒這些詞語，不完全因為語文上的理由，反而跟是誰說這些詞語的有關。

多年前一聽見人說「低檔貨」、「高檔貨」、「空調」、「房地產」，我們立即覺得那一定是個「阿燦」或「表叔」，可是今天在「阿燦」眼中，我們已經淪為「港燦」，「表叔」也不一定穿廉價西服，戴粗黑框眼鏡了，而那些詞語我們都已琅琅上口。詞語也是潮流的一種，一般人總喜歡和強勢的文化看齊，所以如果我們知道在北京和台灣，「結帳」大可以說成「埋單」，我們會對香港的前途樂觀些嗎？

關於她的第一件事

《現代漢語詞典》對「她」有兩個解釋：一、稱自己和對方以外的某個女性；二、稱自己敬愛或珍愛的事物，如祖國、國旗等。

前一個解釋即英文的 she，誰都曉得，但原來「女」字旁的「她」是五四運動以後才出現的，在清朝的白話小說例如《紅樓夢》裏，男女都用「他」。

區分稱呼對象的性別，一來可以令文理更清楚，二來應該是當時尊重女性風氣的一種體現。不過在口語裏「他」、「她」同音，如果「他把她的錢花光了」這個句子不寫出來，就無法判斷是他把自己的錢花光了，還是他把一個女人的錢花光了。所以白話文運動的初期，有人用「伊」表示女性的她，兩個字不同音，不怕混淆，到今天我們偶然仍會在報章上讀到像以下的句子：莎蓮娜（利菊芳的洋名）身為主人家，一早就在 Ball Room 門前恭候了，伊穿一襲螢光綠窄身短裙……。——好可怕的打扮。不過「伊」實在不符合口語的習慣，所以終於淘汰了。

第二個解釋似乎也有點尊重女性的西方騎士風，但從女性主義的角度看，未必符合兩性平等的精神——這是語文專欄，我們不要岔得太遠，還是從語文角度談談吧。中文的名詞本來是不分性別的，不像意大利文和法文分為陰陽兩性，德文分為陰陽中三性，這和英文有些接近，但英文也有少數名詞習慣上用 she 為代詞的，例如國家、國旗等。這和《現代漢語詞典》所舉的例子相同，我看不是湊巧，——這兩個詞在法文都是陽性，和英文不同——而是中文受了英文的影響，根本和敬愛或珍愛無關。

關於她的第二件事

還是《現代漢語詞典》，「她們」下有一條注意事項說：「若干人全是女性時用『她們』，有男有女時用『他們』，不用『他（她）們』。」在書報上不大見到「他（她）們」，反而「他／她們」更普及，可能因為作者覺得把「她」困在括弧內不夠尊重，所以用一撇來平分春色。

兩性平等自然應當鼓吹，但是否要這樣堅壁清野地掃蕩嫌疑呢？第一是累贅的問題，要是真平等，應該連出場序也考究一番，那麼是不是要這樣寫：「他／她／她／他」？其實這還不夠公平，聰明的讀者，「妳／你／你／妳」們一定看出原因來了。第二，英文的 chairman 已經陸續改為 chairperson 或更簡單的 chair 了，history 也曾經遭人質疑，認為歷史不全是「他」（his）的「故事」（story），但中文的「人」本來就沒有顯示性別，為甚麼女性要自外於「人」呢？

反駁自然是難免的，可能有人說，因為單數的時候，男性用了「他」，所以「他」的「人」字旁已經帶有男性的印記，女性不是自外於「人」，而是被放逐到「人」類以外。這真不容易回答，但我總認為兩性平等主要是態度的問題。語言是思考的工具，它既限制了思維的方式，也折射出潛藏的想法，不過是否每個詞語，每條語法規則都有相等的限制或折射能力，這是很可以考慮的，語言和客觀環境也不一定是直接相關的。用最淺易的例子解釋，為甚麼「他」、「她」不分的時代，兩性反而更不平等？

妳中有你

前些時候，我們說過關於「她」的一些閒話，現在輪到「妳」了。「他」和「她」、「你」和「妳」，關係非常相似，女字旁那兩個，似乎是民國建立後才流行的，大概反映了知識分子（當時大部份是男性吧）對女性的尊重，這一點後來有奇妙的轉折。

「她」和「妳」的命運頗不相同，今天無論公開或私人場合，寫到第三者都會區分性別，但稱呼對方就不一定了，十一億中國人使用的簡化字就沒有「妳」。古書裏倒有「妳」字，卻是「奶」的另一種寫法。「妳妳」是一種女性的身份，有時指祖母，有時指母親，廣泛起來還可以這樣理解：對已婚的女人說是尊稱，對未婚的女人說則是暱稱。這雖然有點龐雜，也不打緊，更嚴重的是，「妳」和「奶」一樣，可以解作乳房，——修辭學上有一種借代法，初中生都懂得——如果每次稱呼女性，都用對方身體的一部份來借代，無論說者聽者其實都是怪難為情的。幸好知道的人不多。

我自己不大用「妳」字，嫌麻煩，不過也許只是偏見。有一位寫詩的朋友，第一次發表的時候用了一個中性的筆名，另一位出道較早的詩人以為她是個中年男人。她的意思是，這可能反映了社會對女詩人的看法，如果不特別柔情婉約，就失去女詩人的本色了。因為朋友的詩正是這樣子，所以被誤認為男人，而且還是中年的。大概她也不喜歡被人用「妳」稱呼，我猜她會這樣說：我的詩好不好跟我是男是女有甚麼關係？難道我不可以有女人的身體男人的靈魂嗎？

錯的啟示

梁啟超雖然是民國初年的人，但我們初中的語文課本有他的文章，跟本地的嚴肅文學作家相比，認識梁啟超的人肯定較多。我有一位老師年輕時不大佩服梁啟超，從他的著作裏挑出很多錯處，老師的老師教訓他說，年輕人不要這樣淺薄，梁啟超錯的地方都有他的道理，比其他人寫對了還要有啟發性。這可說維護權威到了極點，不過我偏偏喜歡太老師的說法。

挑錯處易，找出犯錯的原因難；有時追尋到原因，往往就對犯錯的人生出同情。在語文上，我對錯誤特別有興趣，不願意一棒子把它們打死，就是這緣故。以寫別字為例，「徹底」誤作「澈底」，大概因為聯想到溪水清澈見底；「暴躁」誤作「暴燥」，不是因為「火氣太猛」才暴躁嗎？其實「徹」是穿透的意思，「徹底」是透到最底層，「徹查」是徹底查清楚。「躁」解作急，「燥」解作乾，暴躁的人性子急，但不一定是乾巴巴的瘦子。

「法庭裁定原訴人得值，可獲一百萬元賠償。」「得值」是得到價值的意思嗎？如果換了被告勝訴，不須入獄，既沒有得到賠償，為甚麼仍然說「得值」？其實「值」是「直」的別字，直和曲相對，法庭認為有道理就叫「得直」，和有沒有賠償沒關係。有一次我在一間休息的商店前得到啟示，令我忍不住笑了起來，原來店門上貼着一張紙：本店十二月三十一日盤點，休業一天。大字標題是「啟示」。

語體文

我們把平日寫的文體叫作「語體文」或「白話文」，語體就是像口語的文體，白話和文言相對，也是指口頭說的話——字面上是這個意思，但我們寫文章即使不用廣州詞語、句法，和北方人的說話方式仍然相差很遠。不獨我們說粵語的人這樣，北方人寫文章也和說話有非常大的差別，所以「語體文」嚴格上只是接近口語的文體。

我們聽北方人（尤其是北京人）說話，總覺得他們老是捲着舌頭似的，這在語言學上有專門的名稱，叫「兒化」。「兒化」是指在某些詞語後面加上一個「兒」字，例如船兒、狗兒、打盹兒，這些「兒」字唸得很輕，和前面的音連在一起，唸「兒」字本來要捲起舌頭，所以「兒化」的字都要捲舌。北京人很喜歡兒化，台灣人說的國語就幾乎沒有兒化了。普通話要說得像北京人，就得練好「兒化」，可是並非所有詞語都可以「兒化」的，規則異常複雜，還是讓專教普通話的老師來說好了，我們談談別的。

前面說過「語體文」是類似口語的文體，所以大部份「兒化」都不用寫出來，比如我們可以單寫「打盹」，雖然唸出聲仍然得加「兒」字。我們如果拿着北方人寫的文章自學普通話，這些地方往往照顧不到，非要看專門的普通話教程不可。不過原來也有少數人堅持「我手寫我口」的，我最近看到趙元任的《從家鄉到美國》就是這樣的一本書，下面引第一頁的頭幾句看看：「回想到最早的時候兒的事情，常常兒會想出一個全景出來，好像一幅畫兒或是一張照相似的，可是不是個活動電影。」似乎有點累贅，但開口唸唸也蠻有趣的。

那時候的話

上次說過的那本書《從家鄉到美國》，有一個副題叫「趙元任早年回憶」。提起趙元任，接觸過語言學的人都知道他的鼎鼎大名，世稱「漢語語言學之父」是也。趙元任在清朝末年出生，民國成立前一年考得官費留學美國的資格。那次考試他考第二，胡適考第五十五。

上次我們也說過趙元任的那本書有一個特點，就是依着說話的語氣寫出來，所以「甚麼兒」、「甚麼兒」的「兒化」通篇都是，甚至第一章的題目就是「東一片兒西一段兒」。不過這只是大約的說法，這本書分為四個部份，第一個部份的七章由趙元任自己動手寫，都是說話的語氣，其餘部份他先寫了英文，由別人翻譯過來，風格就顯著不同了。第一章後有一條作者自己加上的注釋：「這一篇早年回憶裏用的詞句，完全是當年平常說話通行的話，所以後來才通行的一些所謂新名詞本文都不用。例如從前不說『特別』，只說『格外』、『更加』之類。」說從前的事情，所以用從前的詞語，這有點像古裝片裏的角色，說話都是文縐縐的，但趙元任當然細緻得多。

古裝電視劇有一集李白和玉真公主互吐苦水，竟然唸起「同是天涯淪落人，相逢何必曾相識」，編劇大概不知道，那是白居易〈琵琶行〉的名句，李白死的時候，白居易還沒有出生哩！對白寫得有歷史感覺的，想來想去也只有已過世的胡金銓導演。

趙元任的書隨便翻到這一句：「這幾年是我的少年時代，具有那種年齡慣有的壓力和放縱。」不用多想，一定出自翻譯的部份，這種說法太「現代」。可惜不知道民初時候這個意思怎麼樣說。

試試得道

武俠小說或武俠片裏，我們常常聽到禪師說「色即是空，空即是色」，非常莫測高深。《心經》也有「色不異空，空不異色」，和這句話意旨相同。我們大部份人可能以為色就是美色，追求美色到頭來不免一場空——這種說法不一定針對男人，有一位女作家就寫過「醉眼看男皆絕色」的句子。——其實佛經上色的含義遠為廣泛，指一切有形質、會變化、終將毀滅的東西；而一切出現之前，或一切毀滅之後，那境界就是空。這樣看來，「色即是空」和「有即是無」、「死即是生」、「煩惱即是菩提」，都是類似的說法。它們最相似的地方，就是把人搞糊塗，明明是兩件相反的事情，卻偏偏說是同一件事情。

有人從語言學的角度試圖解釋，說黑和白、明和暗都是相反的概念，但黑、白之間有許多灰色地帶，明、暗之間也有許多不同亮度，所以黑和白、明和暗不是截然相反的，兩者其實大有聯繫，就好像一條線的兩端，甚至可以說是一體的兩面。禪師把其他相反的概念都看成黑白、明暗這樣的關係，所以色空、有無、死生、煩惱菩提中間都可以加上「即是」。我希望上面已經說得夠清楚了。

不過我們知道相反詞有兩種，一種是兩個概念中間可以分出等級的，黑白就是明顯的例子，另一種是兩個概念中間不能分出等級的，試卷上的是非題就是這樣，不是對就是錯，生死似乎也屬於這一類。禪師取消了後面一類的相反詞，我們以世俗的思維方式為標準可以指摘他們錯了，但我們也可以嘗試想像禪師怎樣體驗這種合二為一的境界，如果做得到，恭喜你，據說這就叫得道了。

我的禪機

有一個成語叫「當頭棒喝」，意思是及時提出警告，阻止犯錯。這個成語最初並不是這一回事。古代禪師指導跟他學佛的人，總不肯一五一十地把道理和盤托出，有時提一道離奇的問題，學生來不及多想，他就大喝一聲，甚至拿一根棍子，一下敲在學生頭上，偶然答案就出來了，這叫頓悟。

禪師的教學法這樣不合情理，要是古代有教育署，早就勒令查封寺院，取消他的教學資格，又或者由校董會根據學生反映的意見，把禪師開除了。不過禪師的教學法真的不合情理嗎？據說不是的。禪師要傳授的是勘破生死、看穿世間種種苦難的法門，人所以樂生惡死，是因為把這兩個原來一體的概念割裂開來，執着生，畏懼死，如果能夠認同生死並不截然相反，而是一個連綿的過程，那就可以超脫輪迴之苦了。據說就是這樣。不過知道生死一體的道理容易，在感情上接受它卻難似登天，禪師或許認為要是隨隨便便把道理說出來，別人不會有深切的體會，所以多方暗示，讓人自己發現。還有一個理由，語言的功能有限，無論怎樣措詞，都有些道理說不清楚，或者歪曲了，不如索性指東劃西，任聽者參詳。

假如禪真是這樣的，那跟笑話就很相似啦。笑話是不能解的，一解就不好笑了。上面試圖解釋禪是甚麼，但一解就不是禪了，這倒有點禪機。

後殖民時代巴士懷舊之旅

荔園遊樂場宣布結業，遊人頓時多了起來，大家都把握最後機會再遊一次，廣告也強調荔園是大眾成長過程裏一定到過的地方，簡而言之，就是懷舊的場所。文化評論者說，懷舊意味着追尋身份：我們是從那條路上曲曲折折走過來的。一旦回顧來路，大家就意識到，我們這群人和其他人不一樣，那些不一樣就是我們的身份了。香港流行懷舊，原因不說可知，但懷舊也有品味高低的差別，有人認為九巴上的「乘客須知」充滿殖民地情調。

比如說第五條：「不可將身體及手臂伸出車外。」在九巴公司的概念裏，大概身體是不包括手臂的。根據這條規則，乘客可以單單把手臂伸出車外，也可以把整個身軀懸掛在車外，只用兩條手臂抓着車廂裏的椅子或其他東西——這些都是合法的！還有第六條：「請勿在車廂內飲食」，為甚麼不跟從英文寫作「飲及食」呢？如要把某些只食不飲，或者只飲不食的乘客也納入限制範圍，不是可以說「飲或食」嗎？中文的「飲食」原本具備「飲 and / or 食」的意思，這一條寫得太地道，反而令懷舊者索然無味。

第八條：「不准在巴士車廂內吸煙。」前面明明說了很多次「車廂」，這裏忽然煞有介事聲明是巴士車廂，真是莫名其妙，不過這還是小節，我只擔心日後所有「車廂內」都改為無懈可擊的「車上」，這就好比荔園變為海洋公園，完全不是那回事了。

巴士還未到站

舊是懷不完的，請各位乘客掏出輔幣，準備上車。請注意，根據「乘客須知」第十一條：「乘客請勿在車廂內向其他乘車者收集巴士車費。」巴士公司並不是嚴拒你為它當乘務員，這一條還有前文：「請自備輔幣搭車，不設找贖。」原來指的是向其他人收集自己的車費。那麼沒有說出口的意思大概是：「冇錢唔好坐車，咪上車之後先至四圍搵錢。」

我總覺得文字要帶點廣州話、文言詞、英文硬譯句式，才有那種殖民地姿采。當然三者絕對不宜融合無間，要是像白糖溶在開水裏，一點看不出來，那就大失風味了。按這標準，「乘客須知」還是值得細讀的。

硬譯句上次已經說過，且看其他兩種特色。「巴士未停定，切勿上落車」、「請盡量行入車廂」，我們都知道這些是典型的廣州話，普通話該說「上下車」、「走進車內」。「不足一角之數亦須繳付一角車資」，用今天的話大可說成：「不足一角也作一角計算」。「之數」古色古香，令人想起古代豪氣干雲的大俠救弱扶貧一擲千金，對方叩頭道謝，大俠慨然說道：「些須之數，何足掛齒！」之乎者也當然是殖民地作者最常驅遣筆端的，我們都欣賞過把 All buses stop 翻譯為「如要停車，乃可在此」的絕唱，「乃可」和「此」字多麼鏗鏘有致！

巴士公司的廣告口號說：「九巴服務，天天進步。」我倒害怕有一天這惹人懷想的「須知」會因進步而換掉，那時候唸着文從字順的地道中文，有何意味呢？

我是你的甚麼人

規則當然是讓人遵守的——也有人說，是讓人打破的。不過先要遵守，才能打破；如不遵守，就根本沒有規則可言了——訂立規則的人心目中有限制的對象，針對對象的特性提出指示。如果我們反其道而行，是不是可以根據規則的明文，推斷訂立者究竟把我們當成怎麼樣的人？

還是用「乘客須知」為例吧，保證這是最後一次。第十條：「不准攜帶動物家禽上車。」動物不准上車，恐防弄污地方或者嚇怕其他乘客，道理說得過去，可是，家禽不是動物嗎？為甚麼要特別提出呢？我想到俗語說：「背脊向天人所食。」有人說駝子要小心了。西人說狗是人類的好朋友，我們唐人說，狗是人類的好食物。雞、鴨、鵝本來是動物，未嘗沒有機會做人類的朋友，但換了一個名字「家禽」，就只有等待被吃。撰寫「須知」的人或許擔心「你班唐人」狡辯甚麼「家禽不是動物」，乾脆兩個名詞並列。是這樣嗎？還是因為太多人「攜帶」家禽上車了？又或者他擔心太多人攜帶家禽上車？

第十五條：「若車上人數超過載客限額，乘客請勿強行登車。」地鐵通車後長大的一代，對擠巴士的壯觀景象體會不多，這裏說「強行」已經非常文雅了，現實的情況可能包括吵架和拉扯。算我偏激好了，我實在無法不想起以熱愛排隊聞名的英國人，也無法不猜想，撰寫「須知」那一位，心裏也有一幅洋紳士排隊圖。

至於「颱風時請將上層可開啟之車窗打開」，你估我傻㗎？不過規則依舊這樣寫，你猜想呢？

「X」

新近失戀的人向朋友訴苦，拿着電話說了好幾個小時，反反覆覆都是那些感慨，其實並不期望友人提出甚麼解決的辦法，只是想找個人說話。電話的另一端也明白，勉強打起精神，附和對方的意見，到後來更只是「嗯嗯啊啊」地敷衍。說到後來，又回到了起點，大家都承認當初的甜蜜是因為「X」的緣故，後來不得不以分手告終也是因為「X」，雖然說其中有些性格的原因，但不是「X」的驅使，又怎會發生一連串的事情？

他畢業後的第一份工作既不特別吸引，也不至做不下去，他似乎看見很遠很遠處有不錯的前景，順着眼前的路走下去，若干年後自然到達那裏，他知道這是「X」特意為他安排的。他覺得有點悶，沒路找路地穿過樹叢草莽，向另一個方向走，他不喜歡被人安排。許多年後，大家都羨慕他成就不凡，有對抗「X」的創新精神，可是回顧平生，他真的選擇了奮鬥的方向？還是根本是「X」選擇了他，還要令他以為掙脫了「X」？

「X」是所有事情背後的原因，做得成因為它，做不成也因為它，這不是說了等於沒說嗎？雖然好像毫無理由，許多人卻說很相信「X」。「X」的中文名字有時叫「緣份」，有時叫「命運」，有時叫「冥冥中的主宰」。有趣的是，當它叫「X」的時候，你可能認為荒謬極了，換上了中文名字，卻又似乎有點道理。這不就是語言的問題嗎？但究竟有沒有「X」或者「命運」這東西，我們要到下一次才有機會說。

認命

俗語說：「空穴來風，未必無因。」這句話本來指傳聞總有些事實根據，但也可以借用來說明事情不會無緣無故發生，舉個例子：某人本來要往外地，因為遲到了沒有上機，後來飛機失事，他因而死裏逃生。他為甚麼沒有送命？

因為沒有上飛機；為甚麼沒有上飛機？因為遲到了；為甚麼遲到了？因為起床晚了；為甚麼起床晚了？因為昨天睡得不好；為甚麼睡得不好？因為和妻子吵了架；為甚麼和妻子吵架？因為煙抽得太兇；為甚麼……為免讀者一怒之下不看下去，還是不要問了。

這些都是理由，但因為可以無休止地問下去，似乎不是「最終」的原因。如果我們說，這都是命運的安排，然後「唉」一聲歎口氣，大概很多人都會點頭同意。不過，即使某人剛好趕及班機，不幸罹難，我們不也可以這樣說嗎？這就是荒謬的所在。

我們問為甚麼，通常是希望得知一件事情發生的原因，但「命運」這答案卻可以作為事情發生和不發生的共同原因，不是有點離奇嗎？更離奇的當然是，我們大部份人竟然願意接受。這可能是發問方式導致的？如果我們不堅持問出事情的最終原因，這個答案是可以避免的。說到這裏，我們不妨想想，事情真有「最終原因」嗎，還是我們英文句式練習做得太多，習慣了反反覆覆地用一種句式發問？

上面我們推測了「命運」這個概念出現的原因，不過宇宙間究竟有沒有「命運」這東西，我們還是一籌莫展。

對〈競投意向書〉表達意向

我們來看一段〈競投興趣表達書〉：「機場管理局負責興建及營運位於赤鱲角的香港新機場。新機場將於一九九八年正式啟用，預計首年可處理旅客 3500 萬人次；在機場內工作的人員約有 4 萬 5000 名。」文字寫到這個地步，你還可以怎樣和作者正正經經談道理？最可怕是不少讀者也認為很好懂呀，沒問題。

所以我不打算說服這些老兄，以下內容是特地寫給體貼溫存的惜「字」人看的，大家共勉。首先是題目，「興趣」自然是 interest 的直譯，說對某件事情有興趣是一種很富彈性的表達方式，究竟想不想做誰知道呢？其實機場管理局是希望有意競投的公司書面提出「意向」，以便進一步篩選，何必說「興趣」？

正文的第一句說機場管理局的職能，第二句說新機場的種種情況。機場管理局負責管理機場，兩者在事理上當然有聯繫，但這則廣告旨在邀請有關公司競投機場服務合約，可見後者才是重點，兩者並列並不合理。

「旅客」是人，要「處理」似乎只有一個辦法，就是殺掉，看過政治或軍事小說的讀者一定知道這個「殺人」的委婉說法。如果機管局不想血流成河，改用「服務」是不是較慈悲？

最後一句「4萬5000人」為甚麼不寫作「4萬5千人」、「45000人」或者「四萬五千人」？有人故意左右腳穿不同顏色的襪子，這可能叫前衛；有人隨手拿起襪子就穿上，左右腳也不同顏色，是同一回事嗎？

我倒寧願老老實實地說：「機場管理局負責興建及營運的赤鱲角新機場將於一九九八年正式啟用，預計首年可服務旅客三千五百萬人次，機場內約有工作人員四萬五千名。」

懷念誰

有幾個分行排列的句子這樣寫：「懷念你／像懷念自己／像放一束花／在自己墓碑」。驟眼看來不大可解，細心想想，卻非常有趣。

第一行「懷念你」的主體應該是「我」，但連上第二行就變成「我懷念你像懷念自己」。我就是我，一照鏡子就看得見，念頭一動就感應到自己的身體存在，有甚麼懷念的必要？除非像鬼故事那樣，靈魂離開了身體，無法回去，所以懷念自己的軀殼，也懷念生前認識的「你」。順着這個方向想，其實也不一定要當作鬼故事，如果「我」可以切割成「今天的我」和「從前的我」，前者不就可以懷念後者嗎？「你」和「從前的我」都是「我」懷念的對象，但「你」也可以分成「從前的你」和「現在的你」嗎？如果「你」改變了、如果「你」離開或去世了，可以有不同的想像。

我「放一束花在自己墓碑」是「懷念自己」的具體行動，可以是鬼魂回來，也可以比喻「從前的我」已經死去。「懷念你」像「放一束花在自己墓碑」，可能因為每次想起你，都令我醒覺到今天的我欠缺生命，那麼，有生命的日子當然是在從前和你一起的時候了。懷念可以是激動的，抱着墓碑大哭大叫；也可以是內斂的，沉默地放下一束花。後者的感情已經深化，由悲慟轉為哀悼。

還有一種理解，「你」就是「我」，「今天的我」對「昨天的我」說話。「你」和「自己」字面上對立，指涉的對象相同，「A像B」在句式上是比喻，其實等值，雖然等值，「像」字卻引導讀者以為「你」不是「自己」。似是似不是，因為「我」也弄不清楚究竟「昨天的我」是甚麼一回事了。

愈解愈難明，有人說這叫做詩，其實這是一隻愛坐巴士的豬寫的，牠知道自己在寫詩嗎？我只有一點微不足道的異議：「墓碑」可以改為「墓前」？

那些短短的

早晨交通消息常常令母親不滿，她不用上班，自然不是因為交通阻塞的緣故。她不喜歡報道員說「高架路」，認為這個詞太「大陸口吻」。她的語感很正確，從前我們「香港人」只說「天橋」，現在座落葵涌的這件東西和天橋沒有甚麼不同，卻換了名字，好像要把握每一個機會提醒人政權快易手了。

英女王的「事頭婆」再當不了多久，英國影響力日減，「祖國」和我們關係日益密切，即使完全不關心政治，生活的其他方面也在在告訴你「世界要變了」。我也聽不慣高架路，而且我知道還有立交橋的說法，是立體交叉高架橋的意思吧，從前我們好像叫「十字天橋」的，她恐怕更受不了。「高架路」和「立交橋」相比，我認為前者勝一籌，最少從字面可以猜到是高高架起的公路，但後面這種無從推測的縮略法，在普通話裏卻非常盛行。母親喜歡留意它們價格升降的「國企」股票、「體檢」時要照的「B超」，都是這回事。

這種縮略語表面上是減少音節或字數，說起來寫起來都方便些，但只有熟悉那個環境的人，才真能體驗其中的方便，局外人難免覺得隔膜。不同的行業和工作環境，也有自己的縮略語，我有兩個任職醫院的朋友，偶然說起和工作有關的事，總要解釋半天才能令我明白。匪夷所思的縮略語是界定身份的一種方法，懂得就是自己人，不懂得就是外人。縮略語天天製造出來，不明白它，就不能投入那種生活，其實我們根本沒有資格說三道四。

未忘執迷

最近有人問我，丈夫死了，妻子在訃告應該自稱「未亡人」還是「未忘人」，這大概是伶王喪禮的枝節話題，我回答說當然是前者，不過這個稱呼帶有濃厚的性別歧視意味。把「未亡人」誤寫為「未忘人」可能是因為一首流行曲的影響，還記得這首歌在電台上熱烈推介時，每次聽到歌名，我都有暗叫「大吉利是」的本能反應。「未忘人」字面上指忘不了的人，可是它的同音詞太不祥了，何必這樣淒厲？

從「未忘人」想到另一些詞語新用，「代代平安」就是新義成功驅逐舊義的例子。這個詞最初解作每一代人都平安，現在的常用義不用多解了，有些人甚至寫成「袋袋平安」，這「平安」細心一想也真可玩味。還有一些詞語做過小手術後，也取代了舊義，例如「全情投入」。好幾年前電視台轉播奧運吧，創作了「全情投入」的口號，大家都跟着說起來，當時我覺得放着好好的「全身投入」、「全心投入」不用，標榜激「情」，格調未免太低。現在我的想法仍沒有變，堅持不肯全面激「情」投入任何事情。

但也有手術成功的例子，王菲的名曲〈執迷不悔〉就是。成語原來說「執迷不悟」，改動一個字，就把消極變為積極，「執迷」反而是對一些美好質素的堅持了。雖然旁人不認為有甚麼好，我也不強求認同，就隨你們說我入了「迷」吧，反正不後悔。我行我素，多麼有性格。

溫柔與淒厲

上次說過〈未忘人〉這歌名顯然引導人想到訃告的「未亡人」，情調太淒厲。淒厲算不算壞的評語？起碼這個名字有強烈的感情，足以令人不安。所以問淒厲好不好，也就是問令人不安究竟好不好。

北宋時有一位出色的詞人秦少游，就是民間故事裏做了蘇東坡妹夫的那一位。秦少游有一首〈踏莎行〉詞，其中兩句說：「可堪孤館閉春寒，杜鵑聲裏斜陽暮。」——岔開一句，這是詞，不是詩，電視節目有時免不了咬文嚼字，十之八九把詞誤說成詩，真令人難受。——意思是正當春寒料峭時候，一個人住在旅館，心情低落，偏偏黃昏時分，杜鵑鳥「不如歸去、不如歸去」地啼個不休。悲傷的元素一個一個地疊加起來，有點像吳楚帆、白燕的粵語長片，也像俗語說的「屋漏更兼連夜雨」，從前有人批評這兩句「太淒厲」，就是這緣故吧？

傳統的詩詞講究「怨而不怒」，用廣州話說就是：「可以呻幾句，但係唔好發火。」也講究「溫柔敦厚」，不但不發脾氣，也不偏激、不過份傷感，秦少游的兩句詞太傷感了，所以評價不高。宋代另一個不那麼著名的詞人李之儀，他的〈卜算子〉上闋說：「我住長江頭，君住長江尾，日日思君不見君，共飲長江水。」雖然兩地分隔，但共飲一條河的水，也算有些連繫，這是「敦厚」的典型。

不過「怨而不怒」、「溫柔敦厚」本來都是對性格的形容，時代變了，我們不再讚賞這種性格，文學的審美趣味也就相應改易了。

告別

《神雕俠侶》的楊過斷了一條手臂，又和小龍女分開了，因而創出了厲害的黯然銷魂掌，把宿敵金輪法王殺得大敗。後來小龍女再次現身，黯然的心情為狂喜取代，招式雖然一樣，威力卻已大減。金庸在小說裏寫道「黯然銷魂者，惟別而已矣」，這套掌法原來是為了懷念小龍女別去而創的，小龍女一出現，懷念的對象消失，武功當然失效了，這是金庸的邏輯。其實楊過自小沒怎麼唸過書，這句文縐縐的話他從哪裏聽回來呢？我們唸了許多年書的讀者知道嗎？一千五百年前，有一個文人叫江淹的，他寫了一篇文章叫〈別賦〉，劈頭第一句就是「黯然銷魂者，惟別而已矣」。

離別真是人類感情的永恒波瀾，如果把生離死別的元素抽去，還有多少電影可以看，多少詩和小說可以讀？傷別究竟是不是人類的專利？我有時做做白日夢，幻想原始時代一頭猿人和另一頭猿人分手，牠們會依依不捨嗎？扁平的額下，突出的嘴上，會有一雙流露出黯然神色的眼睛嗎？對牠的愛侶來說，這大概也夠銷魂的。

古人寫離別總是赤裸裸的沉重居多，所以我喜歡徐志摩的以輕鬆隱藏深情，不是「輕輕的我走了，正如我輕輕的來」，而是「道一聲珍重，道一聲珍重，那一聲珍重裏有甜蜜的憂愁」。另一位詩人辛笛說：「再見就是祝福的意思」，這次分別後希望還有機會再遇上，還不是祝福？要知道那是漫天烽火的抗戰時代啊。這一句我也喜歡。

分別時我總是不知道說甚麼好，「語文人生活」要告別讀者，我的毛病又犯了，所以胡亂說了以上的東西。

回歸亂想

回歸了，——其實大家心情的最高點早在慶祝會紛紛籌備時已經到了，此後反而聽多了像沒事兒一樣吧。今天誰都說回歸，我們不免要趁趁熱鬧，但按照我們的性格，非得要找些新鮮奇異的話頭，那就回歸「回歸」的基本義好了。

「回」字古文是一個大圓圈套着一個小圓圈，據說是漩渦的意思。古書上說：「水深則回，樹落糞本，弟子通利則思師。」積水到了某一個深度就形成漩渦，葉子凋落到樹下又成為養料，學生發了財呢，就會想起老師。這是二千多年前的話了，所以是蠻幼稚的，當然也頗令人發悶。

「歸」字相傳指女子出嫁，現在結婚時女家門楣上多貼上「之子于歸」，就是說這個女子出嫁了。「歸」字右邊的「帚」現在解作掃帚，古代卻是「婦」字，可見歸最初是女子專用的，後來才泛指一切人或物回到原來的地方或狀態。女子的家是夫家，所以出嫁是「歸」家，雖然古代的新娘在結婚前可能從未到過丈夫處。由此類推，「嫁」字的右旁也不是完全無意義的了。父權社會、男性優勢，種種不平等都可以追溯到古遠的時代。但這也是頗沉悶的。

忽然想起 Henry Miller 那本活寶《北回歸線》，當年在法國出版後很快就成為了禁書，許多年後才解禁，又過了許多年，台灣譯出了中文本，雖然張大春罵過這本書又淺薄又枯燥，不明白為甚麼九十年代了還要把它譯出來，可是聽說它有不少大膽露骨的性描寫呢。有一次我看見一本簡化字版的《北回歸線》，翻開前言，譯者老實交代那些「色情」描寫都刪去了，我放下沒有買，以後在那家書店再沒有見過那本書了，我想買了這個潔本的粗心傢伙會不會熱烈地盼望刪去的文字全數回歸？

哎，愈說愈離譜了，還是回歸閉嘴的狀態，讓會說的多說吧。

一九九六年十二月至一九九七年六月

與中學生談散文創作✷

1. 讀者

我們由一件真實的事情說起。

有一個外國詩人叫聶魯達的，是個富正義感的人，大概還有點傻氣吧。一次他和朋友來到一間喝酒的小館子，才踏進門口，就看見兩個流氓在吵架，好像還要打起來的樣子。聶魯達很生氣，因為他們破壞了其他人的興致，於是挺身上前，叫兩個流氓滾出去。當時聶魯達的朋友都嚇呆了，那兩個可能是黑社會分子哩。其中一個正要動手「教訓」傻子詩人時，另一個一拳把他打倒，然後向聶魯達說：「你就是偉大的聶魯達先生嗎？我雖然沒有受過高深的教育，但我的女朋友唸過你的詩給我聽，很令人感動，剛才冒犯了你，十分抱歉。」聶魯達的朋友聽到這裏，才鬆了一口氣。

這個故事令你想到甚麼？我最感興趣的是那個流氓的女朋友，她恐怕不會是飽讀詩書的閨秀吧，但她能夠欣賞高水平的作品——聶魯達是世界有名的詩人——也感染了她的男朋友。一首詩、一篇散文，如果沒有欣賞者，只是一堆無意義的符號。但層次愈高的作品，需要的欣賞能力也愈高，所以古人說費盡心血寫成了一本書，收藏起來不隨便讓人看，只等待有水平的讀者。

當然，欣賞能力不是天生的，唯一的辦法是多閱讀、多思考。發現一篇作品的好處，跟寫出一篇好作品，都是創造。讓我們在成為一個好作者前，先做一個好讀者。

2. 寫人

「嘉敏來自一個破碎家庭，父母離婚後，父親染上酗酒的惡習，一喝醉了就打她罵她，就是清醒的時候，也沒有一點關心，所以她每天都活在恐懼中。」

「做了一年同學，我怎樣也想不起嘉敏的笑容，彷彿她的眉頭和身穿的校服一樣，永遠都是皺巴巴的。嘉敏的眼睛常常睜得圓大，但好像看不見面前的人。有一次我跟她打招呼，沒有反應，於是又大聲叫了一遍『嘉敏』，她突然全身一震，拿着的筆盒和書簿啪噠掉在地上。」

看完上面兩段文字，請想想兩個問題：一、哪一段交代的東西較多？二、哪一段給人的印象較深刻？

答案不用多說了吧。第一段是說明性的文字，讓讀者知道了嘉敏的性格和造成這種性格的原因；第二段是描述性的文字，讓讀者看見了一些畫面，但沒有交代各種前因後果。通過這樣的對比，大概你已明白，說明比描述經濟得多，但「看見」卻比「知道」更能給人深刻的印象，用文學的術語說這就是「具體呈現」，往往用於需要引起注意的地方。

所以下次寫人時，你不妨試試少點直接說明人物的性格，多些描述他的表情、打扮、動作等，讓讀者像看戲一樣，自行領會你的意思。至於無法化為畫面的事情，就仍然用說明的方式交代好了。

3. 寫景

說到寫景，喜歡作文的同學誰不精神一振呢？馳騁文筆的機會來了。但一旦苦心孤詣要寫出一篇優美的文字時，你可能又會懊惱起來：我懂得的詞彙太少了，沒法把動人的景色形容盡致。

其實真正的問題並不在此，增加詞彙絕不困難，而且有很多工具書可供利用。最大的問題倒是對美的看法。喜歡素描的同學可能有這樣的體會：一般人眼中的俊男美女未必宜於入畫，反而一個老頭兒滿臉皺紋，更容易畫出「美」感。這是不是說，藝術上的美和平日所說的美，其實是很不相同的？

我們再考慮另一個問題。雷電交加的深夜，一幢殘舊陰森的房子門窗震動，往往驚慄片的故事就在此時此地發生；至於春雨如絲或海濱日落，一段刻骨銘心的友情或愛情再適合不過了。有一個成語叫「晴天霹靂」，意料不到的噩耗突然傳來，不就是大晴天裏的一響迅雷，霎時喚來滂沱暴雨？文章的景物描寫正如電影的佈景和效果，不用管它美不美，只須考慮：怎樣的故事需要怎樣的舞台。

看到這裏，如果你認為上面的舞台太老套，為甚麼不可以拍一部光天化日下的恐怖片？對，有甚麼不可以？只要你有本領。所有不跟流俗妥協的作者，都用自己的方法，蓋搭最「美」的舞台。

4. 修辭

甚麼是修辭呢？修辭就是修飾文章的外貌，增加它的美感。我們已經討論過，在文學裏美不一定指漂亮，這一點值得常常記着。既然如此，修辭是否得當，就要看能不能跟要表達的內容配合了。

最常用的修辭手法是比喻。「連日的陰霾才消散，太陽又展開那場古老的戰爭，金箭一蓬一蓬射來，叫人眼睛和皮膚一陣刺痛。刺痛也好，有點火辣辣的快意，勝過苦陰不雨的膠着狀態。」太陽和戰爭有甚麼共通點？有，猛烈的陽光炫人眼目，誇張點說就像中了箭一樣。當然這場戰爭是古老的，用弓箭作武器。除此以外，太陽和箭再沒有甚麼相似的地方了。

事實上，予人深刻印象的比喻都和原來的事物大異其趣，除了關鍵的一點。有些人甚至這樣說：兩件事物不是因為相似才拿來比喻，反而是它們被寫進比喻句裏，所以讓讀者發現了相似點。這種極端的見解你能夠接受嗎？

可是單憑這樣還不能判斷比喻好不好。如果那段話跟着說：「他掏出紙巾抹汗，指尖碰觸到口袋裏自己的名片，現在是一張廢紙了，他昨天終於辭了職，從死氣沉沉的工作環境抽身而出，將來的日子怎樣，一點把握也沒有，但他還年輕……」這就有點意思了。古老的戰爭可以聯想到人的自我挑戰，晴和雨也就不純然是寫景了。

5. 說理

冒着觸怒你的危險，我也得說：寫議論文時的中學生是最有道德的。我們總嘲笑大談傳統品德的人，說他們食古不化，但學校的成績表上有操行欄，師長偶爾也教導我們怎樣培養高尚的人格，這些潛移默化的影響平日不大看得出，但到了作議論文時，卻搖筆即來，洋洋灑灑，儼然大家一齊換了馬褂長衫。

談起人生觀，不是積極進取，就是知足常樂（雖然你對進取和知足的定義有點茫然），大力主張禁制色情暴力漫畫（其實心底裏覺得滿有吸引力的），而且對盲目崇拜明星偶像深痛惡絕（心愛的歌手不算是偶像！）。說到後來，那腔調連自己也有點陌生。不過既然大家都這樣說，自己不好標奇立異吧，還要考慮分數的問題哩！

於是我們的中學生成為了文以載道派的中流砥柱，他們對事物的看法既道德又堅定，道理不必經過體驗，也沒有是非對錯之外的空間。這叫拾人牙慧、鸚鵡學舌？「我只知道，在這一刻我是這樣想的（老實說，我也不大清楚「想」的是我還是誰，不要問我下一刻的事）。」

於是，正如買菜到市場、吃飯上茶樓一樣，談道德，到作文簿吧。

6. 觀察

小學時寫過一篇掃墓的文章——這種題目誰沒遇上過一兩次？不外乎清早攜着祭品出發，舟車勞頓後終於到達，墳場上滿是孝子賢孫，有人誠心拜祭，有人嬉皮笑臉，也有人亂拋垃圾，諸如此類，最後評論或感觸一番，也就完了。大部份同學也都這樣寫，但對我來說，這是個大問題：外公葬在鄉下，我們所謂掃墓，只是到新界一所道觀他的靈牌前鞠幾次躬。可是沒有寫到墳場怎成？於是我憑空想像出和合石墳場的環境，把外公遷葬到那裏，隨着人山人海掃一次「正式」的墓。

幾年後又要寫一篇文章歌頌母愛，老師要求我們通過具體事件表現主題，並舉出例子說，我們生病時母親整夜守候照顧。但是我的健康一直不錯，反而母親身體較弱，如果讓她一夜不睡，恐怕大病的會是她。現在我已忘了自己舉了個怎樣的事例，但還記得很多同學都提到病榻前的慈母。

寫自己最熟悉的事，這句老生常談其實再正確不過了，可是我們總因為不一而足的原因，以想像——也許說人云亦云更恰當——代替觀察，於是寫出來的只有四平八穩的濫調。

如果現在重寫這題目，我想我會着重表現母親晚年對電影的興趣，這是她趕上潮流的辦法，也代表了她爭取進入已成長子女世界的努力，最重要的是，這並非沿襲，而是觀察。至於掃墓，我大概不會嘗試了，很多年沒有踏足那所道觀了。

7. 題材

最初你把腦海裏漂過的思緒迻錄到原稿紙上，每一篇都感動極了，漸漸你發現某些看法重複又重複地出現，你想開拓更大的世界，卻無法擺脫身後的影子。學習寫作的人如果沒有這種陷於困境的體驗，不是因為他們了不起，而是由於層次太低，還未有自覺不足的反省能力。不過也有很多人雖然知道了處身的局面，卻走不出絕地，最後還是停了筆。

這一關不純然是題材的問題，但不妨由題材說起。

劉大任有一本散文集叫《強悍而美麗》，我們可以一讀。這本書說的都是運動，共分四輯，包括籃球、網球、乒乓球及釣魚、足球等，但又不止是體育的介紹。書名強悍而美麗，是指運動員面對無情的考驗，必須百折不撓，全力以赴，這就是強悍；正因為強悍，所以產生美麗。（這種對美的看法，不是和我們平日說的優雅、雄壯很不同嗎？）曾經世界排名第一的網球選手森柏斯（書中譯作山普拉斯），作者說他的風格是簡單而嚴肅，咦，這不是用來形容做人態度的嗎？另一位網球高手張德培滿場飛跑，救了險球，評論員帶點譏諷地說，個子小、重心低也是一種長處，作者因而感到張德培所承受的種種壓力。兒子剛拿到第一份薪水，請他看尼克隊的籃球賽，文章由此談到尼克隊的掙扎和成功，結尾時輕輕提及四十多年前，他的父親也和他看球賽。夠了，還是自己拿來看看吧。

讀完這本書，你應該有三點感想：一、作者對他選擇的題材多麼熟悉而且熱愛；二、從特定的現象出發，怎樣蜿蜒來到思辨或感情的領域；三、擴闊自己的世界，辦法是很多的。

8. 深度

散文的作者實在太多，似乎只要識字，張三李四都可以寫幾篇，就像說話，除了啞巴誰不會呢？對散文最常見的讚美是直抒胸臆、字字肺腑，但我很懷疑，凡是從內心流出的文字都有可觀嗎？好比說話，如果內容陳舊、見解平庸，雖然出自真心，卻是徹頭徹尾的濫調，你喜歡聽嗎？所以我們重視散文的深度。

深度和學問、人格有點關係，但也不盡然。漢朝的揚雄學問好極了，寫辭賦和文章愛用大家不懂的字，蘇東坡批評他以艱深的詞語掩飾淺陋的思想。至於通篇沉悶的說教，讀者打呵欠時才不管你是否表裏如一哩。

與其說學問和人格，不如說思想的深度對散文更重要。深度的相反是濫調，我們不妨私下反省自己寫的〈春雨〉、〈尊敬的老人〉、〈我的人生觀〉跟其他人有分別嗎？我們能夠寫出新鮮的內容、獨特的見解，還是重複耳熟能詳的議論？有一位同學寫了一篇散文，說星星是她最知心的朋友，聽她傾訴、陪她度過不開心的日子，更鼓勵她積極生活。看得出來，作者的情感是非常真摯的，但我更關心的是：為甚麼選擇星星呢？難道人際關係真的這麼淡薄？星星又是否願意交她這個朋友？這會不會是人類的一廂情願？似乎從這些角度寫的文章並不多見。

深度往往就在濫調的旁邊，只要肯花心思，說不定就能找到。這八篇談創作的文章，其實也不過是濫調，希望你能舉一反三，寫出有深度的好散文。

一九九五年七至八月

後記

✷

一直以為與散文關係親厚：閱讀、創作，以至評論、研究、教學、當比賽評判。可是認真盤點，原來只出版過半部散文集，比一部半的詩集還少，而且竟是十九年前的事了。

然而讀寫散文於我確是愉快自得，大抵由於這是一種介乎實用與非實用、真實與虛構、呈現與隱藏、法度與自由……的文類吧。我並非不想徹底地追求其中一極，只是總在半途轉向，這文類對我再適合不過了。

前一部散文集的〈自序〉說：「嘗試把內容的偏重減少，讓敘述像骨架般裸露出來，或許另有一種血肉飽滿以外的幾何之美，散文的力學就是對敘述的控制。」所以把文集命名為《力學》。那時口吻前衛，現在年紀漸長，不好再誇誇其談了，就選用其中一篇作書名。當年有朋友發現書店把《力學》放在科學書架上，如果《發射火箭》有機會擠身實用科學或技術類，我也是非常樂意的。

書分三輯，第一輯「說人的話」大致是源自閱讀的感想，第二輯「自說自話」，有時也顧左右而言他。第三輯「遠年笑話」應關夢南和智瘋之邀，為他們所編的副刊而寫，當時以中學生和青年讀者為對象，嘗試引他們一笑，現在改動了若干行文，稍稍掩藏歲月的痕跡，且看新的讀者能不能發現吧。

這些文章得以結集成書，要感謝何福仁先生、劉偉成先生、鄭政恆先生推薦，中華書局黎耀強先生不棄，白靜薇小姐細意編輯。最後，也最重要的，是感謝亦師亦友的許迪鏘先生為這本書撰寫了長篇序言。在腆顏請求時，我就想好了，要是成功，後記的結句這樣寫：有了許先生這篇序，我終於得到和仰慕已久的作家伍淑賢同等待遇了。

二〇一八年九月

〔遇上散文〕

發射火箭

責任編輯　白靜薇
裝幀設計　黃安琪
排　　版　黎品先
印　　務　劉漢舉

作者　樊善標

出版　中華書局（香港）有限公司
香港北角英皇道四九九號北角工業大廈一樓B
電話：（852）2137 2338
傳真：（852）2713 8202
電子郵件：info@chunghwabook.com.hk
網址：http://www.chunghwabook.com.hk

發行　香港聯合書刊物流有限公司
香港新界大埔汀麗路三十六號中華商務印刷大廈三字樓
電話：（852）2150 2100
傳真：（852）2407 3062
電子郵件：info@suplogistics.com.hk

印刷　美雅印刷製本有限公司
香港觀塘榮業街六號海濱工業大廈四樓A室

版次　二〇一八年十二月初版

規格　三十二開（190 mm×130 mm）

ISBN　978-988-8571-57-4